KB020061

로크미디어가
유혹하는
재미있는 세상

ROK
MEDIA
로크미디어

개혁군주

개혁 군주 1

2022년 1월 18일 초판 1쇄 인쇄
2022년 1월 21일 초판 1쇄 발행

지은이 이윤규
발행인 김정수 강준규

기획 이기헌 왕소현 박경무 강민구
책임편집 최전경
마케팅지원 배진경 임혜솔 송지유 이영선

발행처 (주)로크미디어
출판등록 2003년 3월 24일
주소 서울시 마포구 성암로 330 DMC첨단산업센터 318호
Tel (02)3273-5135 **편집** 070-7863-8592 **Fax** (02)3273-5134
홈페이지 rokmedia.com **E-mail** rokmedia@empas.com

ⓒ 이윤규, 2022

값 8,000원

ISBN 979-11-354-7368-5 (1권)
ISBN 979-11-354-7367-8 04810 (세트)

개혁군주

이윤규 대체역사 소설 ①

| 아버지와 아들 |

차례

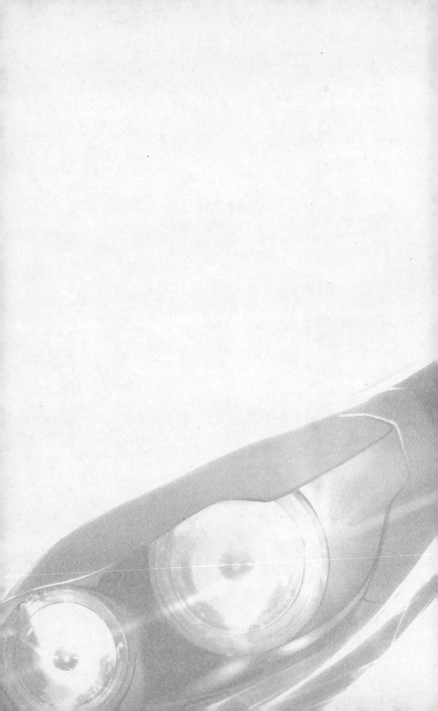

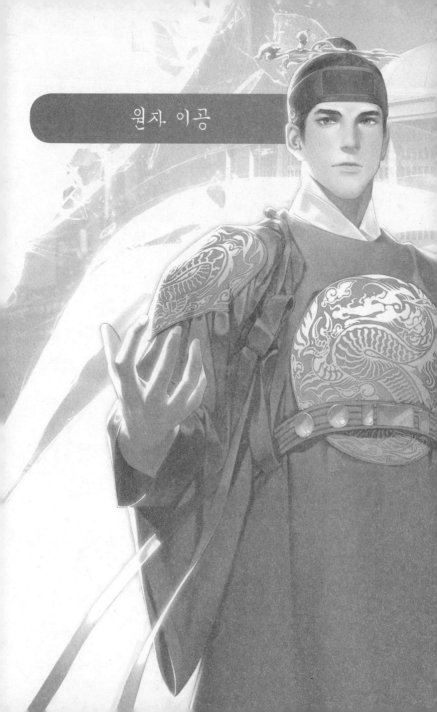

원자 이긍

공보는 묘하게 거슬리는 사내의 목소리에 잠에서 깨어났다. 그렇게 정신을 차렸음에도 자신을 부르는 소리가 뭔가 이상했다.

"마마! 그만 기침하시옵소서."

'뭐야! 지금 나에게 마마라고 한 거야?'

이상하다는 생각에 얼굴을 찌푸리며 천천히 눈을 떴다. 그런데 너무도 낯선 풍경이 시야에 들어왔다.

깜짝 놀라 벌떡 일어났다.

"어! 여기가 어디야!"

놀랍게도 일어난 탄력에 몸이 휘청댔다.

그 모습을 본 방 안 사람들이 놀라 소리쳤다.

"아기씨!"

"마마! 괜찮으시옵니까?"

급하게 일어나는 것만으로도 너무도 쉽게 몸이 넘어갔다. 몸이 왜 이렇게 가벼워졌는지 확인하기도 전에 사람의 얼굴이 먼저 보였다.

공보가 화들짝 놀랐다.

"누, 누구세요?"

"마마!"

또 사람들이 이상하게 불렀다.

어리둥절한 생각에 방 안을 둘러보다 더 크게 놀랐다.

"아니! 댁들은 누구세요? 그, 그리고 그 옷은 또 뭐예요?"

사람들이 어쩔 줄 몰라 하며 술렁였다.

그들 중 처음 말을 한 사내가 조심스럽게 나섰다.

"원자 마마! 댁들이라니요? 소인들을 몰라보시겠사옵니까?"

"……."

공보는 순간 말문이 막혔다. 분명 처음 보는 사내였는데 아주 잘 아는 척을 했기 때문이다.

공보가 고개를 갸웃했다.

"처음 보는 분인데 누구신지요? 그런데 옷은 왜 그렇게 입고 있어요? 혹시 사극을 찍는……."

공보는 말을 하던 도중 놀라 손으로 급히 입을 막았다. 목소리가 어린아이처럼 여리고 생경했기 때문이다.

개혁군주

그런데 입을 막은 손이 이상했다.

"어? 이게 뭐야? 손이 왜 이래!"

분명 자신의 의지로 움직이는 손은 맞다. 헌데 그 손은 너무도 작은 어린아이의 것이었다.

놀란 공보가 급히 손과 몸을 살폈다. 손뿐이 아니라 자신의 몸이 어린아이가 되어 있었다.

"……."

갑자기 머릿속이 텅 비었다.

이어서 별의별 생각이 다 떠올랐다. 잠깐 사이 떠오르는 생각에 정신을 차리지 못하다, 고개를 돌려 방 안을 살폈다.

하나같이 낯선 풍경이었다.

생전 처음 보는 고가구와 멋들어진 한시 병풍이 보였다. 방 안에서는 TV에서나 봤던 상궁 나인, 내관 들이 자신을 내려다보고 있었다.

그런 사람들의 표정은 하나같이 어두웠다.

"이, 이게 대체……."

뭐라 어떻게 말을 할 수가 없었다.

그러던 순간, 갑자기 기시감이 엄습했다. 그런 느낌도 잠시, 봇물 터지듯 온갖 정보가 쏟아져 들어오며 머리가 깨질 듯 아팠다.

지독한 통증에 절로 비명이 났다.

"아아!"

내관이 놀라 소리쳤다.

"마마! 어디 미편하시옵니까?"

뒤에 있던 상궁이 급히 나섰다.

"김 내관은 잠시 비키세요."

그녀가 조심스럽게 공보의 몸을 안고서 이리저리 살폈다. 공보는 그녀가 자신을 보듬은 것도 모르고 머리를 쥐고 고통스러워했다.

"아아!"

상궁의 목소리가 떨렸다.

"원자 아기씨! 소인 유모이옵니다. 어디 옥체가 미편하신 데라도 있사옵니까?"

"으음……."

제대로 말을 할 수가 없었다. 쏟아지는 정보의 홍수로 머릿속이 뒤엉켜 버렸기 때문이다.

"아기씨!"

보모상궁은 다급히 몇 번이고 불렀다. 그러나 공보는 답을 못하고 까무룩 정신을 잃었다.

보모상궁이 놀라 소리쳤다.

"원자 아기씨! 정신을 차리시옵소서!"

그러나 공보는 깨어나지 않았다.

보모상궁이 급히 지시했다.

"어서 가서 어의를 불러오세요. 어서요!"

가뜩이나 귀하게 얻은 원자였다. 그런 원자가 정신을 잃고 쓰러지니 대궐이 발칵 뒤집혔다.

　생모인 수빈(綏嬪) 박 씨와 모후인 왕비가 놀라서 달려왔다. 윤대(輪對)를 하던 국왕도 정무를 중단하고 동궁을 찾았다.

　그렇게 대궐을 발칵 뒤집어 놓은 원자는 사흘 만에 깨어났다. 그 바람에 한시름을 덜었으나 원자는 한동안 약을 달고 살아야 했다.

❀

　십여 일이 지났다.

　원자가 전각에 앉아 한숨을 내쉬었다.

　"하! 어떻게 이런 일이 일어날 수 있는 거야? 대한민국에 살던 내가 조선 시대로 넘어오다니. 직접 겪고 있으면서도 도무지 믿기지 않네."

　독백을 들은 내관이 급히 몸을 숙였다.

　"원자 아기씨! 하교하실 일이 있사옵니까?"

　정신을 잃은 동안 원자의 기억은 모두 흡수할 수 있었다. 덕분에 소통에는 전혀 문제가 없었다.

　원자가 고개를 저었다.

　"아니, 없어."

　"그러시면 방금……."

"아! 그건, 그냥 해 본 말이야."

김 내관은 더 추궁하려다 이내 물러섰다.

"혹여 어디 미편하신 곳이 있으면 바로 말씀해 주셔야 하옵니다."

"알았어."

원자는 절로 한숨이 나왔다.

'후! 이건 뭐 찰떡도 아니고 아예 붙어서 사네. 며칠 정신을 잃었다곤 하지만 몸이 아픈 것도 아닌데. 이건 당최 불편해서 살 수가 없잖아.'

과보호는 너무도 불편했다. 정신을 잃은 이후로 몸을 움직이려고만 하면 내관이 놀라 호들갑이었다.

그렇다고 싫은 내색을 할 수도 없었다. 정신을 읽었다 깨어났을 때 국왕이 내관에게 엄하게 지시한 모습을 직접 봤기 때문이다.

그러나 너무도 답답했다.

'아무리 어명이 중해도 이건 너무 심하잖아. 대놓고 감시하는 통에 도무지 일거수일투족을 내 맘대로 할 수 없어.'

가슴이 답답해진 원자가 고개를 들어 하늘을 올려다봤다. 봄의 끝자락인 계절의 하늘에는 뭉게구름들이 빠르게 뭉쳐졌다 흩어졌다.

원자의 눈이 아스라해졌다.

그와 함께 대한민국에서의 삶을 되새겼다.

개혁군주

서울에서 태어난 공보는 어려서부터 책을 좋아했다. 두 분 모두 교사였던 부모는 공보를 위해 수많은 위인전과 교양서적을 사 주었다.

　초등학교에 입학하고부터는 거의 매일 공공 도서관을 찾았다. 이러한 면학 분위기가 계속 이어지면서 성적은 늘 최상이었다.

　부모님은 아들이 학자가 되길 바랐다.

　공보도 이런 부모님의 뜻을 좇아 열심히 공부했다. 다행히 이런 노력이 성공을 거두면서 뛰어난 성적으로 최고 대학에 진학할 수 있었다.

　대학에서도 열심히 공부했다.

　그러고는 대학 졸업과 함께 학사 장교로 군 복무를 마친 공보는 모교에서 석사까지 수료했다. 그러고는 미국으로 유학을 가서 박사 학위를 취득했다.

　공보는 곧바로 돌아오지 않았다.

　현장 경험을 축적하기 위해 몇 년간 대학에서 선임 연구원으로 근무했다. 그러다 모교는 아니지만, 최고 수준 명문 대학의 부름을 받아 교수로 임용되었다.

　꿈이 실현된 것이다.

　부모님은 너무도 기뻐했다. 공보도 교수 임용에 만족하며 열성을 다해 후학을 양성했다. 그러나 교수 생활은 10년을 넘기지 못했다.

공보는 교수로 재직하면서 시민운동에 적극 참여했다. 그러던 중 정부 정책의 실정을 적극 파고들면서 큰 명성을 얻었다.

문제만 찾아내지 않았다.

실정에 딱 맞는 대안까지 제시하면서 여론을 몇 번이나 집중시켰다. 이러한 활약 덕분에 정치권으로부터 적극적인 러브콜을 받게 되었다.

처음에는 정치를 하고 싶은 생각이 없어서 그 요청을 거절했다. 그러나 정치권의 요구는 집요하고 끈질겼다.

수시로 학교를 찾아오고 지인들을 통한 권유가 이어졌다. 이런 구애가 계속되니 공보도 조금씩 생각이 바뀌어 갔다.

그러던 중, 학교 재단의 권유가 있었다.

자신의 성향과 결이 다른 정당의 국회의원으로 출마하라는 거였다. 그러고는 전폭적인 지원과 함께 돌아왔을 때의 자리를 약속했다.

공보는 딱 잘라 거절했다.

이때부터 은근한 압박과 회유가 시작되었다.

이런 재단의 횡포에 공보는 분노했다. 그래서 그는 과감히 사표를 내고 정치권에 입문했다.

공보가 입당한 정당은 진보 정당이었다.

마침 진보 정당은 대대적으로 내부 정리를 하는 중이었다. 이를 위해 신진 세력을 대거 입당시켜 새바람을 불러일으키려 했다. 공보는 새바람의 주역이 되었다.

열정적인 활동으로 당선과 함께 총선 승리의 일등 공신이
되었다. 덕분에 당선된 후 대변인 등 당내에서 비중 있는 역
할도 맡아 활약했다.

이후 적극적인 의정 활동으로 4년 임기 동안 이슈 메이커
가 되었다. 그 바람에 손쉽게 재선, 3선에 성공하면서 지명
도는 더욱 높아졌다.

3선을 한 다음 해에 지방선거가 있었다.

보수 정당에는 막강한 서울시장 후보가 있었다. 그러나 진
보 정당은 인물난에 후보마저 난립했다.

공보가 분연히 일어났다.

공보는 국회의원직을 먼저 사퇴했다.

국회의원들은 지방선거에 출마하면 의원직을 사퇴하지는
않는다. 그래야 후보에서 탈락하더라도 국회의원직을 이어
나갈 수 있기 때문이다.

그러나 공보는 달랐다.

먼저 3선 국회의원이란 막강한 기득권부터 내려놓고 서울
시장 후보에 도전했다. 이러한 공보의 행동은 커다란 반향을
불러일으켰다.

공보로서는 일종의 승부수였다. 이 승부수가 성공을 거둬
시장 후보가 되었으며, 이어서 시장 선거에도 승리하였다.

시장이 된 공보는 탁월한 행정력을 발휘했다.

덕분에 재선까지 성공하면서 대선 주자로 떠오르게 되었다. 그리고 3선도 성공하며 주위의 기대를 한 몸에 받고서 대선에 도전했다.

국회의원과 서울시장 재임 동안 조금의 흠결도 없이 생활했다. 이런 공보가 대선에 출마하자 대단한 세몰이와 함께 가뿐히 당내 선거에 승리했다.

그러나 상대 후보도 만만치 않았다.

진보는 분열해서 망하고, 보수는 부패해서 망한다고 한다. 그런데 보수 진영 후보는 인물도 만만치 않았으면서 부패하지도 않았다.

보수도 진보도 모두 출중한 후보가 대선에 나선 것이다. 그로 인해 공식 선거운동이 시작되기 전부터 과열 양상을 보였다.

보수 후보가 바람몰이를 했다. 이런 보수 후보를 이기기 위해 유례없이 진보가 결집했다.

이런 상황에서 선거가 시작되었다.

공보는 선거가 시작되면서 제대로 잠을 자지 못했다. 여론 조사 결과가 박빙으로 나오면서 모두가 혼신의 노력을 기울여야 했다.

이동 경로가 워낙 많고 다양해, 차에서 잠을 자면서 강행군을 해야 했다. 이런 강행군은 상대측 보수 후보도 마찬가지였다.

그러나 이런 노력은 끝까지 가지 못했다.

강릉에서 유세를 마치고 서울로 상경하기 위해 고속도로를 탔다. 시간을 단축하기 위해 가속은 불가피했으나 그러다 진부터널에서 문제가 발생했다.

공보를 태운 차량과 경호 차량이 터널에 진입했을 때였다. 옆 차선에 있던 대형 화물차가 갑자기 비틀거리더니 그대로 공보가 탄 차를 덮친 것이다.

쾅!

그걸로 끝이었다.

충돌하며 발생한 엄청난 충격으로 공보는 순간적으로 정신을 잃었다.

그런데 눈을 떠 보니 놀랍게도 조선이었다. 그것도 불과 다섯 살밖에 안 되는 어린 원자가 된 것이다.

정신을 되찾은 처음에는 너무도 놀랍고 황망했다.

시간만 나면 잠을 자려 했다. 그래야 되돌아갈 것 같았기 때문이었다.

그러나 잠에서 깨면 늘 그 자리였다. 이런 일이 반복되면서 차츰 현실을 인정하지 않을 수 없었다.

순간순간 이전 시대가 떠올랐다.

그런 기억의 끝은 늘 자동차 사고였다. 그때마다 화들짝 놀랐으며, 주변 사람은 이런 모습에 호들갑을 떨었다.

그렇게 조금씩 현실에 적응해 갔다. 그런데 지금의 몸을 둘러보면 절로 한숨이 나왔다.

"하아! 이게 대체 무슨 조화속이야. 내 나이가 얼마였는데 겨우 다섯 살이라니."

한숨이 연신 나왔다.

그러나 이내 눈치를 봐야 했다.

찰거머리 같은 내관이 또 어디가 아프냐고 물어 올 거 같아 신경이 쓰였다. 이러던 중 이전 기억이 다시 떠올랐으며, 이내 고개를 흔들었다.

'그 교통사고로 죽은 게 분명해. 그로 인해 내가 여기로 온 것 같은데……. 그런데 여기로 오게 된 이유가 뭘까? 혹시 대선을 끝까지 치르지 못한 염원이 나를 여기로 이끌어 온 걸까?'

처음에는 피식 웃었다. 그런데 아무리 다른 원인을 찾으려고 해도 찾을 수가 없었다.

'아니야. 충분히 그럴 수 있어. 다른 사람도 아니고 다음 보위에 오를 원자야. 이제는 선거를 치르지 않아도 국왕이 되잖아. 대통령보다 더 대단한 절대군주.'

조금씩 자기합리화를 했다.

놀랍게도 이런 식으로 정리를 하니 욕망도 함께 피어올랐다. 밑불 속에 숨어 있던 불길이 다시 솟는 것처럼 욕망이 치솟았다.

이런 욕망이 치솟으면서 눈빛도 달라져 갔다. 원자는 자신이 달라지고 있다는 걸 느꼈다.

이런 변화를 느낀 원자가 결정했다.

'그래, 최선을 다해 보자. 내가 여기에 온 이유를 나 스스로 만들어 보자. 그러기 위해서는 원자의 삶에 최선을 다하는 게 무엇보다 중요해. 나머지는 시간을 두고 차분히 정리하자.'

생각을 정리한 원자가 일어났다.

그것을 본 내관이 급히 다가왔다.

"어디를 가시려고 하옵니까?"

머릿속이 복잡해 그동안 방 안에만 틀어박혀 있었다. 그래서인지 맑은 공기를 마시며 걷고 싶었다.

"후원을 둘러보려고 해."

"소인이 안내하겠사옵니다."

원자가 전각을 나왔다. 댓돌 아래에서는 다른 내관이 원자의 신발을 가지런히 해 놓고 기다렸다.

원자가 거처하는 전각은 창덕궁 중희당(重熙堂)이다. 이 전각은 국왕이 첫아들 문효 세자를 위해 동궁으로 지었다.

중희당은 여느 전각과 구조가 달랐다.

가장 큰 특징은 전각 좌우로 복도가 붙어 있다는 점이다. 복도는 모두 지붕이 덮여 있었다.

이런 복도의 한쪽에는 2층 누각으로 된 서재가 있다. 그리고 다른 한쪽 복도의 끝에는 부속 전각이 붙어 있었다.

복도 덕분에 비를 맞지 않고도 서재와 부속 전각으로 이동할 수 있었다. 이런 배치는 국왕이 세자에 대한 사랑이 있었기에 가능했다.

창덕궁은 북악산 자락에 자리한다. 그래서 궁역이 평지가 아니고 뒤로 갈수록 지대가 높아진다. 그런 궁역의 동쪽 끝, 가장 높은 지점에 동궁이 있다.

중희당의 뒤로 후원이 펼쳐져 있다.

후원 옆의 궁문을 통해 창경궁과도 연결된다. 그 바람에 동궁에서는 두 궁을 드나들기 편하다.

국왕은 이런 자리에 동궁을 마련해 주며 첫아들에 대한 기대와 애정을 보였다.

그러나 안타깝게 문효 세자는 책봉되고 2년 만에 훙서했다. 이후 국왕은 중희당을 수시로 편전으로 사용하며 아들을 그리워했다.

원자는 본래 창경궁 집복헌(集福軒)에서 생모인 수빈 박 씨와 생활했었다. 그러다 정신을 잃은 이후로 국왕의 지시로 동궁에서 생활하고 있었다.

본래는 나약한 원자의 담력을 키워 주기 위해 혼자 생활하게 한 것이다. 그러다 원자가 견디지 못하면 다시 집복헌으로 보내려 했었다.

그런데 놀랍게도 원자가 혼자 생활에 너무도 잘 적응해 나가고 있었다. 이런 원자의 변화에 대궐의 모든 사람은 기뻐했다.

그러나 아직 안심할 때는 아니었다.

중희당은 여느 전각보다 기단이 높아 계단이 많았다. 원자
가 신발을 신으니 내관이 등을 내주었다.

"마마, 소인의 등에 업히시옵소서."

"아냐. 그냥 걸어갈 거야."

내관이 곤란한 표정을 지었다.

"원자 아기씨, 계단을 내려가시다 넘어지실 수도 있사옵
니다."

"그렇게 되지 않으려면 다리가 튼튼해지도록 더 자주 걸어
야지. 그러니 내가 내려갈 거야."

원자의 고집에 내관이 어쩔 수 없다는 표정을 지으며 몸을
일으켰다. 그러고는 먼저 계단을 내려가서는 손을 벌리며 만
일의 사태에 대비했다.

원자가 투정을 부렸다.

"어휴! 그만해. 나, 안 넘어지거든!"

원자가 성큼성큼 내려갔다. 그렇게 계단을 무사히 내려가
니 곳곳에서 안도의 한숨이 터졌다.

원자가 그 한숨에 고개를 저었다.

후원은 동궁 바로 뒤에 있다. 그럼에도 세 개의 크고 작은
문을 지나서야 비로소 금원(禁苑)으로도 불리는 후원으로 들
어서게 된다.

후원을 본 원자가 크게 놀랐다.

'이야! 대단하구나. 창덕궁 후원이 이렇게 울창한 삼림일 줄이야. 이전에도 숲은 우거졌었지만, 삼림이라 불릴 정도는 아니었었어. 그런데 이건 상상 이상이야.'

원자가 놀란 표정에 내관이 설명했다.

"우리 조선이 한양으로 천도한 뒤로 북악산은 입산이 금지되었습니다. 그런 시절이 벌써 400여 년이 넘었지요. 그래서 이렇듯 후원 숲이 울창한 것이고요. 워낙 산이 우거져 호랑이도 출몰할 정도입니다."

원자가 움찔했다.

"호랑이가 나와?"

"예, 그렇습니다."

내관이 급히 원자의 안색을 살폈다.

원자는 기가 약해 무서움을 많이 탔었다. 그래서 놀란 건 아닌지 걱정이 되었는데 전혀 아니었다.

오히려 눈을 초롱초롱 빛냈다.

"김 내관은 호랑이를 봤어?"

내관이 급히 몸을 숙였다.

"소인은 직접 보지 못하고 호피(虎皮)만 봤을 뿐입니다."

"오오! 그래?"

원자의 목소리가 높아졌다. 그러고는 호기심을 가득 담아 다시 질문했다.

"대궐에 호피가 있어?"

"당연히 있사옵니다. 각도에서 들여오는 진상품에 해마다 호피가 포함되어 있사옵니다. 원자 아기씨께서 원하시면 언제라도 보실 수 있사옵니다."

"그렇구나. 아! 맞다. 표범 가죽도 있겠네?"

"물론입니다. 우리 조선에는 호랑이와 표범, 늑대 같은 해수(害獸)만을 전문적으로 포획하는 부대가 있습니다. 그렇게 포획한 해수 중 호피와 표피, 웅피는 진상하게 되어 있지요."

"아! 그렇구나. 그러면 날을 봐서 호피와 표피를 직접 봤으면 좋겠다."

"호부에 일러 준비해 놓으라 하겠습니다. 그런데 마마."

"왜?"

"호랑이가 무섭지 않사옵니까?"

원자는 내관이 질문하는 까닭을 짐작했다. 그래서 짓궂은 표정을 지으며 반문했다.

"김 내관은 내가 무서워하지 않는 게 이상해?"

김 내관이 잠깐 주춤했다. 그러던 그가 이내 몸을 숙이며 입을 열었다.

"황공하오나 원자 아기씨께서는 그동안 무서움을 많이 타셨었습니다. 그런데 거처를 중희당으로 옮기시고부터는 전혀 그러시지 않는 거 같아서 이상하긴 하옵니다."

원자가 천천히 고개를 끄덕였다.

"맞아. 얼마 전까지만 해도 내가 무서움을 많이 탔었지. 하지만 이제는 두려움이 없어졌어. 그래서 웬만한 일은 별로 놀랍지 않아."

"아! 그러십니까?"

"그래, 아마도 돌아가신 문효 형님의 보살핌이 있어서 그런 거 같아. 그러니 이제는 김 내관도 내가 놀랄까 봐 조심하지 않아도 돼."

김 내관이 펄쩍 뛰었다.

"아닙니다. 그래도 아직은 조심, 또 조심하셔야 합니다."

원자가 낭랑하게 웃었다.

"하하! 그건 김 내관이 알아서 해. 그러니 나를 전처럼 너무 과보호하지는 마. 알았지?"

김 내관이 단호히 대답했다.

"송구하오나 전하께서 특별히 하명하신 일이어서 소인은 어쩔 수가 없사옵니다."

원자가 입맛을 다셨다.

"쯧! 알았어. 아바마마의 명이니 따를 수밖에. 하지만 매사에 내가 조심할 터이니 너무 밀착해서 보호하지는 마. 알았지?"

김 내관이 주춤거리다 몸을 숙였다.

"그렇게 하겠사옵니다."

김 내관으로부터 겨우 대답을 받아 낸 원자의 입가에 미소가 지어졌다.

그렇게 걸음을 걷다 보니, 멀리 이 층 누각이 보였다. 그 누각의 앞에 인공으로 만든 사각 연못이 나왔다.

"여기가 부용지지? 저기 연못에 걸쳐 있는 정자가 부용정이고."

김 내관이 놀랐다.

"이름을 기억하십니까? 이전에 한 번 말씀드렸었는데 아직도 잊지 않으셨군요."

원자가 슬쩍 자찬했다.

"다른 건 몰라도 외우는 건 내가 잘해. 저기 저 건너편의 이 층 누각이 규장각이 사용하는 주합루(宙合樓), 저쪽 건물은 영화당(暎花堂), 그 앞의 공터가 춘당대(春塘臺)란 것도 알고 있어."

이 설명에 주변 사람들 모두 놀랐다.

보모상궁이 눈을 크게 뜨고 질문했다.

"원자 아기씨, 전각들의 이름을 어떻게 그렇게 잘 아십니까?"

"지난번에 김 내관이 가르쳐 주었잖아."

"그때가 지난가을입니다. 벌써 1년이 다 되어 가는데 아직도 잊지 않으셨다니 놀랍사옵니다."

원자가 눈을 빛내며 고개를 끄덕였다.

"응! 전부 기억이 나."

사람들이 다시 술렁였다.

보모상궁이 눈에 눈물까지 맺으며 기뻐했다.

"대단하시옵니다. 원자 아기씨께서 드디어 머리가 깨이셨다 보옵니다."

원자가 쑥스러운 표정을 지었다.

"아하하! 그렇다고 깨이지는 않았고. 본래부터 나는 외우는 걸 잘했다니까."

보모상궁이 크게 고개를 끄덕였다.

"그렇기는 하옵니다. 원자 아기씨께서는 본래부터 영특하셨사옵니다. 하오나 워낙 세심하셔서 걱정이 많았사옵니다."

원자가 잘못을 인정했다.

"맞아. 지금까지의 나는 세심한 게 아니고 소심했어. 그래서 유모가 많이 힘들었을 거야. 하지만 이제부터 그렇게 걱정하지 않아도 돼."

이런 장담에 사람들은 놀라 수군거렸다. 원자는 그런 반응을 모른 척 그냥 무시했다.

'그래, 당연히 놀라겠지. 얼마 전만 해도 두려움 많고 소심했던 원자가 이렇게 적극적으로 변할 거라고는 꿈에도 생각 못 했을 거야.'

공보는 원자의 기억을 흡수하며 크게 놀랐다. 원자의 성품이 너무도 유약했기 때문이다.

낯을 심하게 가려, 사람들이 인사를 하면 상궁이나 내관의 뒤로 숨었다. 쉽게 말도 섞지 않으려 했다. 여기에 겁도 많아 밤에 혼자 잠을 자지도 못했을 정도였다.

그러나 공보는 전혀 달랐다.

사람 사귀기를 좋아했으며 적극적으로 대외 활동을 했었다. 불의를 보면 참지 못하고 나설 정도로 혈기왕성했었다.

정신을 차린 이후.

공보는 주어진 환경부터 살폈다. 가장 먼저 지금이 어느 시대인지 궁금했다. 그래서 내관을 통해 알게 된 사실이 건륭(乾隆) 60년이라고 한다.

이 말을 듣고는 놀라 소리쳤다.

영문을 모르는 내관과 주변 사람들은 이런 모습에 깜짝 놀라기까지 했다.

건륭 60년은 지금의 국왕이 정조(正祖)라는 의미다.

공보가 가장 존경했던 인물이 정조 대왕이다. 그런데 놀랍게도 그런 정조의 아들이며 순조(純祖)가 될 원자가 된 것이다.

나이는 다섯 살이며 세자로 책봉되지 않았다고 한다. 공보는 세자로 책봉되지 않은 이유를 어렵지 않게 짐작할 수 있었다.

'국왕은 개혁 군주다. 국왕은 신하들과 맞서서 평생을 칼날 위에서 살아온 사람이다. 그런 국왕이니 유약한 원자가 마뜩치 않았겠지. 그래서 이전과 달리 세자 책봉을 쉽게 못했을 거야.'

대강의 사정을 파악한 공보는 고심했다.

역사대로라면 국왕은 몇 년 후 서거한다. 이어서 열한 살에 즉위한 심약한 원자를 대신해 대왕대비가 수렴청정을 했다. 그녀는 국왕이 닦아 놓은 탕평의 기반을 송두리째 뽑아 버렸다.

그 여파는 실로 막대했다.

이후 정권을 잡은 안동 김씨를 상대할 야당이 전멸해 버렸다. 그 바람에 안동 김씨는 너무도 쉽게 독주하면서 세도정치를 펼쳐 나갔다.

그 세도정치로 조선이 절단 났다.

원자는 이런 생각을 하며 주먹을 쥐었다.

'내가 바꿔야 한다. 이전의 흐름대로 맡겨 놓을 수는 없다. 내가 여기에 온 건 우연이 아니야. 세상을 개혁해 보려는 누군가의 배려가 분명해.'

슬슬 머리가 아파 왔다.

생각을 정리하기 전에는 몰랐지만, 지금은 알 수 있었다. 원자가 할 수 있는 일이 의외로 적었다.

원자가 연못을 바라보며 한숨을 쉬었다.

"하! 뭐부터 시작해야 할지를 모르겠구나."

그랬다.

준비도 없이 갑자기 이 시대로 왔다.

그런데 대궐은 생각보다 담장이 높다. 아니, 보이는 담장 높이보다 마음속의 높이가 훨씬 높았다.

주변도 늘 그 사람이 그 사람이었다. 그런 내관과 상궁 나인조차 아직은 적어도 구분되지 않았다.

더 큰 문제는 그동안의 행동반경이 너무 좁았다는 것이다. 그래서 뭔가를 하려고 해도 바로 사람들 눈에 띄일 수밖에 없는 상황이었다.

이런 상황을 타개할 돌파구가 필요했다.

'뭔가 획기적인 전기를 마련해야 해. 그래야만 운신의 폭을 넓힐 수가 있어.'

원자가 연못을 돌며 이런저런 생각을 하고 있을 때였다. 몇 사람이 규장각의 주합루를 내려오다 원자를 발견했다.

그들 중 나이 많은 사람이 나섰다.

"원자 아기씨께서 여기까지 어인 일이시옵니까?"

원자가 어리둥절했다. 앞에 있는 사람이 인사를 했는데 전혀 모르는 사람이었다.

그러자 그가 웃으며 자신을 소개했다.

"허허! 신은 규장각 직제학인 서정수(徐鼎修)라고 하옵니다. 그리고 여기 이 사람은 규장각 직각이고, 여기 이 사람은 초계문신입니다."

소개를 받은 관리들이 나섰다.

"안녕하십니까? 원자 아기씨, 규장각 직각 김조순(金祖淳)이 문후 여쭈옵니다."

"인사드리겠습니다. 규장각 초계문신 최광태(崔光泰)라고 하옵니다."

원자가 깜짝 놀랐다.

'이 사람이 왜 여기서 나와?'

생각지도 않게 안동 김씨 세도정치의 시조인 김조순과 조우한 것이다. 그런데 옆 사람은 지위가 낮은 초계문신임에도 나이가 가장 많아 보였다.

원자가 당당히 인사했다.

"세 분 모두 안녕하세요?"

인사를 받은 세 사람은 깜짝 놀랐다.

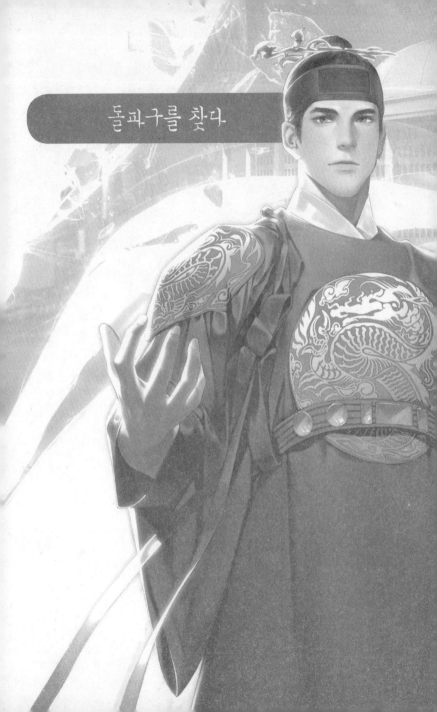

돌파구를 찾다

　지금까지 원자는 누가 인사를 하면 뒤로 숨는 성격이었다.
그런데 지금은 놀랍게도 웃으며 인사를 했다.

　서정수가 환하게 웃으며 정중히 답례했다.

　"신 등은 잘 지내고 있사옵니다. 그런데 원자 아기씨께서
는 이전에 뵈었을 때보다 훨씬 의젓해지신 거 같사옵니다."

　원자가 싱긋이 웃었다.

　"직제학께서 그렇게 봐 주시니 고마운 일이네요. 저도 이
제 공부할 나이가 되었으니 매사에 당당하고 신중해야 하지
않겠어요?"

　이 인사에 세 사람은 다시 놀랐다.

　초계문신 최광태가 놀라움을 감추지 못했다.

"허허! 대단하시옵니다. 원자 아기씨의 성품이 신이 듣던 것과는 전혀 다르십니다."

원자가 그를 바라봤다.

"좋은 의미로 달라졌다는 건가요?"

최광태가 급히 몸을 숙였다.

"황공하옵니다. 소인이 감히 원자 아기씨의 성품을 거론하는 결례를 범했사옵니다. 용서하여 주시옵소서."

"아니요. 괜찮습니다. 그보다 최 문신께서는 등과가 꽤 늦으신 거 같네요."

최광태가 씁쓸한 표정을 지었다.

"신이 용렬하여 지천명(知天命)이 넘어서야 겨우 등과했사옵니다."

"별말씀을 다 하세요. 학문에는 나이가 없다고 들었어요. 다른 분보다 늦었지만 그만큼 더 분발하시면 분명 좋은 결과가 있을 겁니다."

더없는 칭찬이고 격려였다.

최광태가 허리를 정중히 접었다.

"감읍하옵니다. 앞으로 불철주야 노력해서 나라의 쓰임이 많은 관리가 되겠습니다."

"그렇게 되시기를 저도 기원할게요."

"황감하옵니다."

말 한마디로 천 냥 빚을 갚는다.

원자는 처음 만난 사람에게 따뜻한 응원을 보며 격려했다. 그런 배려에 최광태는 눈물까지 글썽이며 감격하고 고마워했다.

김조순은 크게 놀랐다.

'대단하구나. 말 몇 마디로 오십이 넘은 사람의 마음을 감복시켰어. 저런 건 일부러 하려고 해도 할 수 없는 일이야. 정녕, 내가 보는 원자가 이전의 나약하고 소심했던 그분이 맞단 말이더냐.'

이런 생각을 하다 원자와 눈이 마주쳤다.

김조순은 자신도 모르게 몸을 조금 숙였다. 그는 이렇게 하는 자신의 태도에 또 놀랐다.

'지금 이게 뭐야. 내가 지금 다섯 살인 원자의 위세에 눌려 절로 몸을 숙이고 있잖아?'

김조순이 고개도 들지 않고 자책했다.

원자는 그런 모습을 바라보며 생각했다.

'여기서 이 사람을 만날 줄 몰랐네. 본래라면 원자인 나의 장인이 되면서 안동 김씨 세도정치를 시작하는 사람이지. 그러나 이제는 아니야. 내가 여기에 온 이상 절대 그렇게 되도록 놔두지 않을 거야. 그리고 아직은 규장각 각신에 불과한 사람을 구태여 경원할 이유는 없지.'

그렇다.

규장각 직각은 참상관으로, 종6품에서 정3품의 품계다.

이 정도의 직위는 조정의 많은 자리 중 하나에 불과했다.

원자가 웃으며 말을 걸었다.

"김 직각께서는 몇 년 전 연경을 다녀오셨다지요?"

생각에 젖어 있던 김조순이 깜짝 놀랐다.

"소인은 3년 전 서장관으로 연경을 다녀왔습니다. 그런데 원자 아기씨께서는 그때의 일을 어떻게 알고 계십니까?"

원자가 웃으며 대답했다.

"하하! 아바마마께서 초계문신 출신인 김 직각을 신임한다는 말을 들었어요. 그래서 주변에다 물어봤었지요."

김조순이 뿌듯한 표정을 지었다. 그러나 이내 몸을 낮추며 겸양의 말을 했다.

"그렇지 않사옵니다. 전하께서는 조정 관리 모두를 신임하고 계시지요. 다만 불민한 신을 가끔 따로 찾으시는 정도입니다."

겸양하면서 슬쩍 자기를 높인다.

원자는 정치 생활을 하면서 이런 말투를 수없이 들어왔다. 그래서 적당히 동조하며 말을 돌렸다.

"아바마마께서 자주 찾으신다면 신하로서 그보다 좋은 일은 없지요. 그런데 연경에 가 보니 어떠하던가요?"

김조순은 능숙한 원자의 말투에 놀랐다. 그러나 이내 몸을 숙이며 당시 사정을 설명했다.

"대단했습니다. 연경은 대국의 수도답게 백만이나 살고

있었습니다. 그뿐이 아니라 천하의 문물이 모이는 곳답게 온 갖 물건들이 산더미같이 쌓여 있었습니다."

"그렇군요. 기회가 있으면 따로 시간을 내어 연경을 다녀 오신 소감을 듣고 싶네요."

불감청 고소원이었다. 김조순의 허리가 절로 굽혀졌다.

"언제고 불러만 주신다면 바로 달려가겠습니다."

"알겠어요. 그런데 김 직각의 허리에 차고 있는 그게 뭐지요?"

원자가 손을 들어 무언가를 지목했다.

김조순이 자신의 허리에 있는 것을 풀어 주며 설명했다.

"아! 이건 휴대용 지필묵입니다."

원자는 김조순이 건넨 세필과 작은 통을 번갈아 열어 봤다. 세필은 뚜껑이 달려 있었으며 통에는 먹물이 담겨 있었다.

원자가 먹물통을 들었다.

"이런 걸 차고 다니면 많이 불편하겠네요."

"어쩔 수 없습니다. 우리 같은 규장각 각신들은 문서를 정 리하다 보면 필기할 경우가 많이 생긴답니다. 그래서 이런 필기도구를 항상 지참하고 다닐 수밖에 없습니다."

초계문신 최광태가 작은 책자를 꺼냈다.

"이렇게 필기할 수 있는 휴대용 책자도 함께 가지고 다닙 니다."

원자가 책자를 살피다 무언가를 발견했다.

"여기 이 숫자는 뭐지요?"

최광태가 내용을 살피며 설명했다.

"그건 광흥창(廣興倉)에 파견 나갔을 때 곡물의 양을 기록한 숫자입니다."

그러면서 쌀과 보리, 그리고 말린 대구 등의 품목을 손으로 짚어 가며 설명했다.

설명을 들은 원자는 의외의 말을 했다.

"숫자를 이런 방식으로 기록하면 굉장히 불편하지 않아요?"

원자가 한자로 된 숫자를 읽어 나갔다.

최광태가 깜짝 놀랐다.

"원자 아기씨께서는 아직 《천자문》도 입문하지 않은 것으로 알고 있습니다. 그런데도 숫자의 단위 글씨를 알아보시는 것이옵니까?"

"이 정도는 일상에 있는 글인데 당연히 알고 있지요."

"누가 가르쳐 주지 않았는데도 글을 아신단 말씀입니까?"

"직접 가르침을 받은 적은 없어요. 단지 주변에서 숫자를 보고 하는 걸 배웠을 뿐이에요."

서정수와 김조순이 서로를 보며 놀라워했다.

최광태가 조심스럽게 질문했다.

"그러시군요. 소인은 숫자 표시를 한자가 아닌 다른 것으로 하는 방식은 알지 못합니다. 혹여 원자 아기씨께서는 손쉬운 방식을 알고 계시옵니까?"

세 사람은 물론 내관과 상궁 나인들도 큰 관심을 보였다.

원자는 다섯 살에 불과한 자신에게 쏠리는 관심이 웃기기도 하고 부담도 되었다.

원자가 말을 얼버무렸다.

"에이! 제가 그걸 어떻게 알겠어요. 그런 문제는 경륜이 많은 세 분이 더 잘 아시겠지요."

주변의 분위기가 갑자기 식었다.

원자는 그런 분위기가 오히려 이상했다.

원자가 고개를 갸웃했다.

"왜 이러세요? 내가 꼭 뭐를 알아야 하나요?"

최광태가 황급히 손을 저었다.

"아니옵니다. 마마께서 워낙 총명해지셔서 혹시나 하는 기대를 품었을 뿐입니다. 모르시는 게 너무도 당연하옵니다."

김조순도 나섰다.

"그렇사옵니다. 신 등이 잠시 착각했사옵니다."

"하하! 그러시면 다행이고요."

원자가 휴대용 필기구를 손으로 가리켰다.

"그걸 가지고 다니다 먹물을 쏟는 경우도 종종 있겠네요."

김조순이 씁쓸해했다.

"물론입니다. 조선의 선비라면 누구나 그런 경험을 몇 번씩은 했을 겁니다. 저도 먹물이 쏟아져 옷을 버린 적이 여러 번 있습니다."

"먹은 잘 지워지지 않잖아요."

"예, 그래서 문제입니다. 먹물이 한 번 들면 아무리 빨아도 지워지지 않습니다. 그 바람에 비단을 버린 적도 있지요."

원자가 안타까워했다.

"아깝네요! 비싼 비단옷을 버리다니요. 휴대용 필기도구가 간편하지만, 실상은 불편한 물건이네요."

"그래도 어쩔 수가 없습니다. 저희로서는 꼭 필요한 물건이어서 늘 패용하고 다닌답니다."

"그렇군요."

원자가 필기도구를 세심히 살폈다. 그런 원자의 눈빛이 유난히 반짝했다.

'그래, 이거야. 돌파구로 이걸 개발해 보자. 지금의 조선에서 새로운 필기구를 만들게 되면 아마도 세상이 발칵 뒤집힐 거야. 그 상황을 잘 이용해 운신의 폭을 넓혀 보자.'

원자가 서둘러 세 사람과 작별했다.

"바쁘신 분들을 잡고 말이 많았네요. 그러면 볼일들 보세요. 저는 이만 돌아가 보렵니다."

세 사람이 동시에 허리를 굽혔다.

"원자 아기씨, 살펴 가시옵소서."

원자가 돌아가자 세 사람이 허리를 폈다.

직제학 서정수가 먼저 입을 열었다.

"이게 어떻게 된 일이오? 원자 아기씨께서 저렇게 당당하게 말씀을 잘하실 줄 몰랐소이다."

개혁군주

김조순도 동조했다.

"그러게 말입니다. 전하께서도 원자 아기씨가 유약하셔서 걱정이 많으셨는데, 오늘 많이 놀랐습니다."

최광태도 거들었다.

"소문이 잘못 난 거 같았습니다. 말씀하시는 게 너무도 논리가 정연하셔서 아이처럼 느껴지지 않을 정도입니다."

김조순도 동조했다.

"그러게 말입니다. 저는 대화를 나누다 기세에 휘말리기도 했습니다."

서정수가 너털웃음을 터트렸다.

"허허허! 달라지시면 어떻습니까? 저렇게 의젓하고 당당하신 모습을 뵈니 나는 좋기만 합니다. 왕실에 드리워졌던 먹구름이 활짝 갠 것 같아서 기쁘기까지 하고요."

두 사람이 크게 고개를 끄덕였다. 특히 국왕과 가끔 대화를 나누는 김조순의 눈은 더없이 빛나고 깊어졌다.

❀

원자는 돌아오면서 많은 생각을 했다.

'후원에서 김조순을 만날 줄 몰랐네. 세도정치를 주도했다는 선입견이 있어서 그런지, 아직 젊은데도 풍기는 기세가 남다른 것 같아.'

이런 생각을 하던 원자가 독백을 했다.

"그런데 참으로 이상하구나."

내관이 바로 달려왔다.

"뭐가 이상하시옵니까?"

"김 내관은 내 말투가 이상하지 않아?"

"소인은 모르겠사옵니다."

"아니. 내 말투가 너무 나이 들어 보이지 않느냐 말이야."

김 내관이 펄쩍 뛰었다.

"절대 그렇지 않사옵니다. 의젓하고 위엄이 있어 보여서 훨씬 좋사옵니다."

보모상궁도 거들었다.

"김 내관의 말이 맞사옵니다. 이전에는 너무 아이 같아서 걱정이었는데, 오늘 아기씨의 말씀을 들어 보니 그런 걱정을 떨쳐 버려도 될 듯하옵니다."

"하하! 그래?"

"예, 오늘만 같이 하시옵소서. 그렇게만 하신다면 누구도 원자 아기씨를 쉽게 보지 않을 것이옵니다."

원자는 웃기기도 하고 다행이라 생각하기도 했다.

나이가 들면 몸도 늙지만, 말투도 변한다. 이전 시대에서 60여 년의 삶을 살았었다.

더하여 정치와 교수를 오래 해서 목소리가 원숙하고 무게도 실려 있다. 그래서 나이 어린 원자치고 말투가 이상하지나 않을까 걱정했었다.

그런데 그럴 필요가 없어졌다. 아니 오히려 도움이 될 것 같은 느낌을 받았다.

원자가 한 번 더 확인했다.

"유모, 이 말투를 바꾸지 말라는 거야?"

보모상궁이 적극 나섰다.

"당연히 그러셔야 하옵니다. 앞으로 원자 아기씨는 나라의 지존이 되실 분입니다. 그런 분은 걸음걸이가 무거워야 하며 행동거지도 진중해야 합니다. 특히 말투는 만인을 압도해야 하며, 눈빛으로 사람을 제압할 수 있어야 합니다."

보모상궁의 설명은 그대로 정치인이 가져야 할 자세였다.

원자의 머리가 절로 끄덕여졌다.

"유모의 말을 들어 보니 원자는 태어나면서부터 정치를 알아야 하는구나."

곳곳에서 탄성이 터졌다. 보모상궁은 얼굴이 붉어지고 눈물까지 글썽이며 기뻐했다.

"참으로 현명하시옵니다. 군주는 나라의 주인이어서 대소 신료들과 항상 정치를 논해야 합니다. 그런 군주는 신하들을 논리와 기세로 압도하셔야 합니다. 장차 군주가 되실 원자 아기씨께서는 지금부터 그런 자세를 익혀 두시는 게 좋사옵니다."

불감청 고소원이었다.

'하하! 이거 참. 보모상궁의 말대로라면 말투고 자세고 고칠

필요가 없잖아. 그러면 앞으로 활동하는 데 문제는 없겠다.'

"유모."

"하교하시옵소서."

"그런데 나는 많이 걷고 싶은데, 그래도 돼?"

"걸으시는 건 얼마라도 괜찮사옵니다. 하지만 대궐에서는 누구도 뛰지 못하게 되어 있사옵니다."

"나도 안 되는 거야?"

보모상궁의 대답이 한 박자 늦었다.

"······원자 아기씨께서 뛰신다면 누가 말리겠사옵니까. 하오나 소인은 원자 아기씨가 경망스럽다는 말이 돌게 될까 저어되옵니다."

"어휴! 그건 그냥 뛰지 말라는 말이나 같잖아."

보모상궁이 부드러운 말로 원자를 다독였다.

"황공하옵니다. 원자 아기씨, 소인은 이렇게밖에 말씀드릴 수 없음을 알아주시옵소서."

원자가 그녀의 어려움을 헤아렸다.

"알았어. 내가 조심해서 행동할게."

"황감하옵니다."

대화를 나누다 보니 중희당에 도착했다.

원자가 전각에 들어가 앉으며 김 내관을 찾았다.

"음! 김 내관."

"예, 마마."

"흑연(黑鉛)을 구할 수 있겠어?"

"흑연을 어디에 쓰시려고요."

원자가 김 내관을 째려봤다. 그 눈길에 김 내관이 자라목이 되면서 급히 몸을 숙였다.

아무리 어려도 대통을 이을 원자다. 그런 원자의 지시를 이유도 없이 막아서는 건 단죄 감이다.

김 내관의 목소리가 떨렸다.

"황공하옵니다. 소인이 주제넘게 마마께서 하시는 일에 간섭했사옵니다."

원자가 그의 사과를 받아들였다.

"되었어. 앞으로 조심하면 돼. 그런데 흑연을 구할 수 있기는 한 거야?"

"구할 수는 있사옵니다."

"그러면 흑연과 질 좋은 진흙을 구해 오도록 해. 그리고 손재주 좋은 목공과 유기장도 함께 데리고 오고."

"예, 저하."

김 내관은 궁금했으나 아무 말도 못 하고 물러갔다. 보모 상궁이 조심스럽게 질문했다.

"원자 아기씨, 무엇을 하려고 흑연을 구해 오라 하신 겁니까?"

"아! 그건 뭐 좀 만들려고 하는 거야. 그리고 보모도 도와줄 게 있어."

"소인은 무엇을 도와드리면 되옵니까?"

"도화서 화원을 불러 주었으면 좋겠어."

"예, 아기씨."

"아 참! 도화서 화원 중에 아바마마께서 아끼시는 김홍도(金弘道)라는 화원(畵員) 있지?"

보모상궁이 몸을 숙였다.

"주상 전하께서 총애하는 화원으로 알고 있사옵니다."

"그 사람을 불렀으면 좋겠는데, 지금도 도화서의 화원으로 있는 거야?"

보모상궁이 고개를 저었다.

"아니옵니다. 김 화원에 대한 주상 전하의 총애는 지극했사옵니다. 그래서 벼슬을 하사해 찰방(察訪)에 이어 충청도 연풍현감으로 나갔었지요. 그러나 아쉽게도 지금은 파직되어 집에서 쉬고 있는 것으로 알고 있습니다."

"오히려 잘되었네. 그러면 유모는 사람을 보내 그분을 모셔 오도록 해."

"예, 아기씨."

잠시 후.

김 내관이 다시 들어와서 고했다.

"마마, 지시하신 사항을 이행하라고 사람을 풀었사옵니다. 하온데 흑연과 장인들을 불러 모으려면 얼마의 시간이 필요합니다."

개혁군주

"알겠어. 그렇다면 기다려야지."

이런 원자가 방 안을 훑었다. 그러다 무언가를 손으로 가리켰다.

김 내관이 고개를 갸웃했다.

"책을 보시려고 하옵니까?"

"응! 《천자문》을 읽어 봤으면 해."

방 안 사람들이 깜짝 놀랐다.

김 내관은 말까지 더듬었다.

"저, 정녕 《천자문》을 공부하시려고 합니까?"

원자가 다시 눈을 째렸다.

"지금 뭐 하는 거야! 김 내관은 대체 오늘 몇 번이나 내 말에 토를 다는 거지?"

김 내관이 황급히 무릎을 꿇었다.

"황공하옵니다. 소인이 너무 놀라 원자 아기씨께 큰 죄를 지었사옵니다."

원자가 김 내관을 지그시 노려봤다.

나이 어린 원자였으나 이전과 달리 뭔가 모를 위엄이 묻어났다. 그런 눈길의 차가움으로 방 안 분위기가 급격히 가라앉았다.

원자의 목소리가 높아졌다.

"한 번의 실수는 그럴 수 있어. 그런데 벌써 두 번째야. 그것도 하루에. 똑같은 실수가 반복되면 내가 어떻게 생각해야 하지?"

핵심을 찌르는 질책이었다.

김 내관이 급히 부복했다. 그런 김 내관의 몸이 잘게 떨리면서 목소리도 떨렸다.

"송구하옵니다. 소인이 경망하여 원자 아기씨의 성총을 흐리게 했사옵니다. 용서하여 주시옵소서."

보모상궁이 나섰다.

"아기씨, 이번만큼은 용서해 주시지요. 김 내관은 지금까지 사심 없이 원자 아기씨를 돌봐 온 충신 중의 충신이옵니다."

원자가 눈빛을 거뒀다.

"그만 일어나. 그리고 주의하는데, 앞으로는 이번과 같은 일이 없어야 해."

"명심 또 명심하겠사옵니다."

김 내관이 조심스럽게 일어나 앉았다.

다른 내관이《천자문》을 가져다 공손히 탁자에 올려놓았다.

원자가 되면 돌봐 줄 내관이 선정된다.

이런 내관은 원자가 학문 수련을 준비하는 일도 담당한다. 그래서《천자문》을 그림으로 풀어서 가르칠 정도의 학식이 있어야 한다.

원자를 보살피는 내관의 최고 품계는 정4품 상전(尙傳)이나 종4품 상책(尙冊)이다. 김 내관은 정4품 상전으로 나름대로 학문이 뛰어나다.

개혁군주

김 내관이 《천자문》을 폈다. 그러고는 빈 종이에 그림을 그려 가며 설명했다.

"마마, 이 그림이 하늘을 뜻합니다. 그래서 이런 모양이 나왔으며 우리는 이 글씨를 '하늘 천(天)'이라고 부릅니다."

원자가 손을 저었다.

"그림을 그려 가며 설명할 필요는 없어. 나는 글을 그대로 풀어도 충분히 이해할 수 있어."

김 내관의 눈이 커졌다.

그는 다시 확인하려다 조금 전의 일을 떠올리고는 급히 입을 다물었다. 그가 가슴을 쓸어내리면서 조심스럽게 사정을 설명했다.

"마마, 글은 처음 익힐 때가 중요합니다. 한자에는 글자마다 의미가 담겨 있어서, 제자원리를 알면 외우기가 쉽사옵니다."

원자가 고개를 끄덕였다.

"김 내관의 말이 무슨 의미인지 알아. 그러나 그렇게 하지 않아도 되니 그냥 설명해 주도록 해. 만일 그대로 외워서 안 되면 그때 김 내관의 말을 따르도록 할게."

이렇게 나오면 할 말이 없다.

"알겠사옵니다. 그러면 지금부터 《천자문》을 시작하겠습니다. 험!"

내관이 헛기침을 하고서 시작했다.

"《천자문》은 한 구절이 넉 자입니다. 그런 구절이 모두 이

백오십 구로 합해서 천자로 된 고시입니다. 이런 《천자문》은 중국 양나라 무제의 명으로 주흥사(周興嗣)라는 사람이 만들었습니다. 그런데 놀랍게도 주흥사가 하룻밤 만에 《천자문》을 지었다고 합니다."

"하루 만에 《천자문》을 지었어?"

"예, 같은 글자가 들어 있지 않은 구절을 찾아서 만들어야 했으니 얼마나 어려웠겠습니까? 그런 《천자문》을 주흥사가 하루에 만들면서 머리가 하얗게 세었다고 합니다. 그래서 《천자문》은 달리 백수문(白首文)이라는 별칭으로 불리기도 하지요."

"그렇구나."

"자! 그럼 시작하겠습니다. 뜻풀이는 차후 해 드리겠으니 우선은 글자부터 외우기로 하겠습니다. 하늘 천 따 지……."

김 내관의 선창이 시작되었다. 그 뒤를 따라 원자가 읽으면서 시작된 《천자문》은 네 구절 열여섯 자로 끝났다.

"지금부터 배운 글을 복습하겠습니다. 소인이 지금까지 익힌 열여섯 자를 외워 보실 수 있겠습니까?"

"해 볼게."

원자가 주저 없이 열여섯 자를 읽어 나갔다. 내심 놀란 김 내관이 글자를 하나씩 짚으니 원자가 빠짐없이 훈독했다.

이에 다시 열여섯 자를 읽어 나가자 원자가 그 문장을 외우고 훈독했다. 방 안 사람들은 이런 원자를 보며 술렁였다.

이런 놀라움은 시작에 지나지 않았다.

《천자문》은 한 장에 네 구절 열여섯 자가 기록되어 있다. 그런 《천자문》을 열 장을 읽어 나가는 동안 원자는 단 한 글자도 틀리지 않았다.

놀란 김 내관은 열 장을 부작위로 펼치며 확인했다. 이를 원자는 단 한 번도 틀리지 않고 모조리 맞혔다.

방 안 분위기가 후끈 달아올랐다.

갑자기 성격과 말투가 달라진 점도 놀라웠다. 그런데 처음 시작한 《천자문》 백육십 자를 단번에 외워 내었다.

이런 놀라움에는 이유가 있었다.

공보의 할아버지는 중학교 교장이면서 유명한 한학자셨다. 공보는 덕분에 어려서부터 《천자문》과 《동몽선습(童蒙先習)》, 《사자소학(四字小學)》을 할아버지에게 익혔다.

중·고등학교 때에도 논어를 비롯한 중용 등의 유교 경전을 꾸준히 배워 왔다. 이러한 한학은 교수와 정치를 할 때도 많은 도움이 되었다.

그러나 어려서 익혀서인지, 나이가 들어 갈수록 조금씩 잊혀 갔다. 그러다 조선에 오게 되었다.

조선은 한자 시대여서 《천자문》부터 다시 시작하려고 했다. 그런데 놀라운 일이 일어났다.

《천자문》을 시작하는 순간, 이전 기억이 파노라마처럼 머리에 펼쳐졌다. 할아버지에게 배웠을 때의 기억이 너무도 또

렷이 떠올랐다.

그래서 일차로 백육십 자에서 끝났지만, 머릿속에는 《천자문》이 모조리 박혀 있었다.

김 내관이 탄성을 터트렸다.

"참으로 놀랍습니다. 소인은 《천자문》을 단번에 백육십 자를 외운 분은 보지 못했습니다."

원자가 피식 웃었다.

"에이! 그건 김 내관이 몰라서 그래. 나 같은 사람은 세상에 많아."

김 내관이 펄쩍 뛰었다.

"아닙니다. 한자는 제자원리를 알아야 익히기가 쉽습니다. 그래서 처음에는 익히는 게 절대 쉽지 않습니다. 원자 아기씨처럼 이런 식으로 단번에 외우시는 분은 없습니다."

원자가 싱긋이 웃었다.

"처음이라서 그럴 거야."

이때였다.

"원자 아기씨, 전 연풍현감이며 어진화사인 김가 홍도가 입시했사옵니다."

원자가 책장을 덮었다.

"어서 들어오시라 하라."

방문이 열리고 관복을 입은 사내가 조심스럽게 들어왔다. 그가 방 안 입구에서 무릎을 꿇었다.

"전 연풍현감이며 어진화사인 김가 홍도가 원자 아기씨께 문후 여쭈옵니다."

"이리 가까이 오세요."

김홍도가 무릎걸음으로 다가왔다.

"어서 오세요. 오느라 힘드셨지요?"

"아닙니다. 쉬고 있던 터여서 바로 올 수 있었습니다."

"다행이네요."

"그런데 소인을 어찌 찾으셨는지요? 혹시 그림이 필요하시옵니까?"

"아니에요. 오늘 모신 까닭은 설계도를 그리기 위해서입니다."

김홍도가 고개를 갸웃했다.

"설계도라면 건물을 짓는 그림인데, 그걸 소인이 그리면 되옵니까?"

"그건 아니에요."

"그러시면 무엇을……."

원자가 손으로 물건을 가리켰다.

"김 내관은 저기 있는 것을 가져다줘."

"필가(筆架) 말씀이옵니까?"

"그래."

김 내관이 문갑에 놓여 있던 붓걸이를 가져왔다. 원자가 크고 작은 붓 중 적당한 걸 골랐다.

"내가 물건을 하나 만들려고 해요. 굵기는 이 붓 정도면 되고, 길이는 대강 이 정도면 좋겠어요. 그리고 외형은 육각 이어야 하고요.……."

원자의 설명이 한동안 이어졌다. 김홍도가 설명을 듣고는 머릿속으로 정리했다.

"소인이 먼저 그려 보겠으니, 잘못된 부분이 있으면 수정 해 주십시오."

"그러세요."

내관이 종이를 가져왔다. 김홍도가 능숙하게 먹을 갈고는 세필로 그림을 그리기 시작했다.

원자가 탄성을 터트렸다.

"이야! 대단하네요. 어떻게 자를 받치지도 않았는데 줄이 삐뚤어진 게 하나도 없어요."

김홍도가 머쓱한 표정을 지었다.

"도화서 화원이 되려면 수없이 많은 수련을 쌓아야 합니다. 그런 수련을 거친 화원들에게 이 정도는 기본입니다."

김홍도가 천천히 도면을 그려 나갔다.

그러나 보지도 못한 물건을 말로만 듣고서 도면을 그리는 일은 결코 쉽지 않았다. 특히 세밀한 부분에서는 붓이 나가 지 않았다.

보다 못한 원자가 손을 내밀었다.

"이리 줘 보세요. 제가 그려 볼게요."

원자가 붓을 건네받았다.

"이 부분은요, 이런 원리가 들어가야 하고……."

그렇게 그림을 그리며 설명을 했다. 그런데 생각지도 못한 문제가 발생했다.

나이도 어리고 붓을 쥐어 보지 않은 원자였다. 그런 원자가 그린 그림은 생각과 달리 거의 괴발개발이었다.

그 바람에 그림을 보고 이해하는 것이 더 어려울 지경이었다. 원자는 자신의 그림을 보고서 무안해하며 웃었다.

"아하하! 그림을 그리기가 쉽지 않네요."

김홍도가 웃으며 슬쩍 덮었다.

"처음이셔서 그렇사옵니다. 붓을 이리 주시고 마마께서는 설명만 해 주십시오. 그러다 미진하시면 손으로 대강이나마 그려 주시고요."

"그렇게 할게요."

다시 도면 작업이 시작되었다.

미진한 부분이 수시로 지적했다. 말로 하는 설명은 결코 쉽지 않았다. 특히 부품과 단면도는 수십 번의 시행착오를 거쳐야 했다.

그로 인해 도면은 이틀에 걸쳐서야 완성을 볼 수 있었다. 완성된 도면에 원자는 크게 흡족했다.

"예상보다 잘되었어요. 이 정도면 도면만 보고도 물건을 만들 수 있겠어요."

김홍도가 조심스럽게 입을 열었다.

"원자 아기씨! 아뢰옵기 송구하오나 이런 물건을 어떻게 아신 것이옵니까? 마마께서 직접 고안하셨사옵니까?"

원자가 거꾸로 질문했다.

"김 화사께서는 이런 물건을 본 적이 없나요?"

김홍도가 고개를 저었다.

"없습니다. 소인은 그림을 그리기 때문에 수많은 화구와 붓을 접해 봤사옵니다. 그런 소인으로서도 생전 처음 보는 필기구입니다."

김 내관이 거들고 나섰다.

"옳은 지적이옵니다. 아마도 청국에도 이런 물건은 없을 것이옵니다."

원자도 선선히 인정했다.

"그럴 거야. 나도 실물을 직접 본 적은 없어."

주변 사람들이 어리둥절해했다.

원자가 적당히 각색했다.

"얼마 전 내가 정신을 잃은 적이 있었잖아. 그때 이상한 꿈을 꿨는데, 거기서 이와 같은 물건을 봤어."

김 내관의 눈이 커졌다.

"꿈에서 보셨단 말씀입니까?"

"맞아. 너무도 선명했었지. 그 꿈에서 나온 필기구가 이렇게 생겼었어. 그때 너무 편리하다는 생각이 들어서 그대로 만들어 보려는 거야."

김 내관이 지레짐작했다.

"어제 규장각의 각신들을 만나시면서 꿈을 떠올리셨나 보군요."

원자가 슬쩍 동조했다.

"맞아. 그때 김 직각이 휴대용 먹물이 쏟아져서 크게 곤란했다고 했잖아. 그 말을 듣는 순간 갑자기 꿈에서 본 물건이 떠올랐던 거야."

"그러셨군요. 그래서 목공과 유기장도 찾으신 것이고요."

"그렇지."

원자가 김홍도에게 확인했다.

"김 화사, 이 필기구로 밑그림을 그리면 좋지 않겠어요?"

김홍도가 바로 동조했다.

"맞습니다. 이 필기구가 제대로 만들어진다면 밑그림을 그릴 때 제격이겠습니다."

"그동안은 무엇으로 밑그림을 그렸지요?"

"대개는 그냥 그립니다. 하지만 어진이나 초상화같이 중요한 그림은 목탄을 이용해 밑그림을 그립니다."

"그냥 손으로 잡고 사용하나요?"

"지금까지는 그래 왔습니다. 그래서 자칫 잘못 관리하면 화선지가 더러워지고는 했습니다."

"그렇군요."

이러던 원자가 갑자기 확인했다.

"현감을 그만두고 쉬신다고 했는데, 도화서로 다시 복직하지 않나요?"

김홍도가 난처해했다. 그러다 어쩔 수 없다는 표정으로 이실직고했다.

"현감을 지낼 당시 불미한 일이 있었습니다. 그래서 당분간 복직은 쉽지 않을 거 같사옵니다."

"안타까운 일이군요. 잠시 쉬고 계시면 곧 좋은 소식이 있을 거예요."

김홍도가 급히 인사를 했다.

"말씀만 들어도 소인은 황감할 따름이옵니다."

원자가 김 내관에게 확인했다.

"김 내관, 내가 개인적으로 쓸 돈이 따로 있나요?"

김 내관은 당황했으나 이내 몸을 숙였다.

"일정한 액수가 정해진 바는 없사옵니다. 하오나 원자 아기씨께서 필요하시다면 내수사(內需司)를 통해 마련할 수 있사옵니다."

원자가 김홍도를 바라봤다.

"김 화사께 청이 있어요."

"하교하여 주십시오."

"나는 아직 한 번도 대궐 밖을 나가 본 적이 없어요. 그래서 부탁인데, 김 화사가 바깥세상의 삶을 생생히 보여 주는 풍속화첩을 정기적으로 그려 주었으면 해요. 가능한가요?"

김홍도가 바로 몸을 숙였다.

"당연히 그려 드릴 수가 있사옵니다. 그런데 어떤 방식으로 만들면 되겠습니까?"

"음! 대략 한 화첩에 스물넉 장의 그림이 들어가면 좋겠네요. 그리고 한양을 비롯해 도성 주변 지역의 풍경도 사실적으로 그려 주세요. 그림은 적지 않았으면 좋겠고요."

원자의 설명은 조금 더 이어졌다.

"……필요한 종이와 필기구는 김 내관이 마련해 줄 겁니다. 그리고 그림값도 넉넉히 드리라고 할 터이니 최선을 다해 주었으면 합니다."

김홍도가 장담했다.

"성려하지 마십시오. 소인이 혼신의 힘을 다해 풍속화첩과 풍경화첩을 시기별로 만들어 바치겠사옵니다."

"시제도 적절히 넣어 주었으면 좋겠네요."

"반드시 그렇게 하겠습니다."

김홍도가 인사를 하고 방을 나갔다.

원자가 달라졌어요

김홍도가 나가자 보모상궁이 다가와 앉았다. 그녀는 도면을 살피며 궁금해했다.

"원자 아기씨, 정녕 꿈에서 이런 필기구를 보신 것이옵니까?"

"물론이지. 그렇지 않으면 내가 이런 걸 어떻게 알겠어."

"소인은 너무도 신기합니다."

"뭐가?"

"아기씨께서는 한 번도 궐 밖을 나가 보신 적이 없사옵니다. 그런 분이 꿈에서 어떻게 이런 필기구를 보실 수 있단 말입니까? 그것도 누구도 본 적이 없는 물건을요."

보모상궁의 지적은 예리했다.

원자는 잠깐 당황했으나 능숙하게 대처했다.

"유모, 꿈에서야 무엇을 못 보겠어. 꿈에서는 사람이 물 위를 걷기도 하고 하늘을 날기도 하잖아? 중요한 건 꿈에서 본 물건을 이처럼 현실로 만들려고 시도하는 거 아냐?"

원자의 지적에 보모상궁은 놀라 바로 대답을 못 했다. 그러던 그녀가 환하게 웃었다.

"아이고! 소인이 되도 않은 말을 했사옵니다. 아기씨의 말씀이 지당하시옵니다."

그녀가 도면을 보며 좋아했다.

"주상 전하께서 이 사실을 아시면 무척 기뻐하실 것이옵니다."

원자가 정색을 했다.

"유모, 당분간 외부로 말이 나가지 않도록 해 줘."

보모상궁이 고개를 갸웃했다.

"좋은 일인데 비밀로 하라는 말씀입니까?"

"아직 물건이 만들어진 것이 아니잖아. 도면은 나왔어도 분명 만드는 데 시일이 걸릴 거야. 나는 실물을 아바마마께 보여 드리고 싶어. 그런데 공연히 소문이 나면 물건을 못 만들게 될 수도 있지 않겠어?"

보모상궁이 생각해도 일리가 있었다.

"아기씨의 말씀이 일리가 있습니다. 그런데 참으로 놀랍사옵니다."

"또 뭐가?"

"아기씨께서 말씀을 이렇게 논리 정연하게 잘하시는 게 말입니다. 하시는 말씀을 듣다 보면 마치 어른과 대화를 하는 거 같사옵니다."

원자가 뻔뻔하게 나갔다.

"의젓해서 보기 좋다면서? 그런데 왜 또 이런 말을 하는 거야? 그냥 이전처럼 말해?"

보모상궁이 황급히 손을 저었다.

"아닙니다. 소인은 단지 놀랍다는 말씀을 올린 것이지, 잘못되었다는 건 절대 아닙니다."

"그러면 지금처럼 하면 되는 거야?"

"당연히 그러시는 게 좋사옵니다."

"알았어."

원자가 김 내관을 바라봤다.

"김 내관,《천자문》을 다시 공부하자."

"예, 마마."

원자의《천자문》공부가 다시 시작되었다.

❀

그리고 다음 날.

김 내관의 환호가 전각 밖까지 들렸다.

"대단하십니다! 정말로 대단하십니다!"

원자가 쑥스러운 표정을 지었다.

"그만 호들갑을 떨어. 이러다 대전까지 김 내관의 목소리가 들리겠다."

김 내관이 목소리를 낮췄다. 그러나 그의 반응은 거기서 그치지 않았다.

"원자 아기씨! 세상에 이런 일은 없사옵니다. 아무리 마마께서 외우는 능력이 탁월하다 해도, 처음 배우는 글이고 무려 천자입니다. 그런 《천자문》을 이틀 만에 독파했다는 말을 소인은 한 번도 들어 보지 못했사옵니다."

원자가 손을 들었다.

"그만, 조용해. 내가 생각해도 대단하기는 해. 하지만 밖으로 소문이 나지 않도록 조심해."

"아니 왜요? 이렇게 좋은 일은 당연히 소문을 내야 합니다. 주상 전하께서 아시면 얼마나 기뻐하겠사옵니까?"

원자가 굳은 표정으로 노려봤다. 그 눈길을 접한 김 내관이 움찔하며 몸을 움츠렸다.

"내가 나이가 어려서 많은 건 잘 몰라. 하지만 이건 분명하게 알아."

"그, 그게 뭡니까?"

"너무 나서 봐야 좋을 게 없어. 시간이 지나면 당연히 알려지겠지만, 그렇다고 일부러 나설 필요는 없어."

김 내관의 성격이 조금 가볍기는 하다. 그러나 그는 누구보다 현명한 사람이기도 했다. 그래서 원자가 하는 말의 진의를 바로 알아챌 수 있었다.

김 내관은 등줄기가 서늘해졌다.

"……."

김 내관의 표정이 변하는 걸 본 원자가 방 안 사람들을 둘러봤다.

"대궐은 벽에도 귀가 있어서 비밀이 없다고 들었어. 그런 말이 나온 건 누군가가 쓸데없이 소문을 퍼트렸기 때문이겠지. 나는 여러분들이 나에 대한 말을 밖으로 퍼트리지 않기를 바라. 그렇게들 해 줄 수 있겠지?"

아이의 말이었다. 그럼에도 방 안 사람들은 순간적으로 몸을 움츠릴 정도로 무게가 있었다.

보모상궁이 앞으로 나섰다.

"여기 있는 사람들은 조금도 걱정하지 마십시오. 소인을 비롯해 누구도 아기씨에 대한 말을 외부로 발설하지 않을 겁니다."

모두 말없이 고개를 끄덕였다. 그것을 본 원자가 환하게 웃었다.

"그래, 고마워. 나도 여러분을 믿어. 그리고 조심하는 것은 오래 하지 않아도 돼. 길어 봐야 몇 달일 터이니, 그때까지만 조심해 주었으면 좋겠어."

모두가 정중히 고개를 숙였다.

"명심하겠사옵니다."

"고마워, 다들."

보모상궁이 조심스럽게 질문했다.

"원자 아기씨, 그런데 이 일을 왜 늦게 알리려고 하시는 겁니까? 주상 전하께서는 그동안 말씀은 않으셨지만 아기씨의 일로 성려가 크셨었습니다."

"어제도 말했지만, 물건이 만들어지기 전에 소문이 나면 어떻게 되겠어? 조정 대신들은 내가 경전 공부만을 하길 바라. 그래서 원자인 내가 물건을 만들도록 놔두지 않을 가능성이 커."

"학문 성취는 어디에 내놔도……."

원자가 손을 들어 제지했다.

"그만해. 만들지 못하게 한다고 해서 못하지는 않아. 하고 싶으면 숨어서 만들면 되겠지. 허나, 그렇게 되면 어떻게 되겠어? 좋은 일을 하고도 나쁜 일을 한 것처럼 문제가 될 수가 있어."

"그럴 가능성이 없지는 않습니다."

"없지 않은 게 아니라 그렇게 될 거야. 그리고 조정에서 원자가 학문을 쌓지 않고 이상한 짓을 한다고 성토하면 아바마마의 입장이 얼마나 곤란하겠어? 그러면 나는 이런 물건을 영영 못 만들 수도 있어."

방 안 사람들이 전부 고개를 끄덕였다.

원자의 말이 이어졌다.

"내가 편리하고 유용한 물건을 만들어도, 그걸 좋게 보지 않으려는 사람들이 분명 나올 거야. 그때 내가 《천자문》을 모두 마치고 다른 공부도 열심히 했다는 게 알려지면 어떻게 되겠어?"

김 내관이 즉각 대답했다.

"반대한 명분이 없어질 것입니다."

"바로 그거야! 명분. 세상에는 실리보다 명분이 중요할 때가 있어. 특히 나 같은 원자에게는 그런 명분이 무엇보다 중요해."

모두가 고개를 끄덕였다. 그런 사람들을 보며 한 번 더 주의를 당부했다.

"실물이 완성될 때까지만 입조심하라는 거야. 새로 만들어지는 필기구는 아바마마께 진상할 거야. 그리고 그걸 아바마마께서 조정에 배정하면 대소 신료들이 얼마나 좋아하겠어. 그걸 기회로 나는 새로운 일을 시작하려고 해."

원자의 당돌한 계획에 방 안 사람들이 탄성을 터트렸다. 그런 사람들의 얼굴에는 비밀을 함께 공유하겠다는 각오가 고스란히 드러났다.

원자가 그들에게 당근도 주었다.

"새로 만들어진 물건은 여러분들에게도 고루 나눠 줄 거야. 그러니 잠시만 입조심들 하자."

"예, 알겠습니다."

이전보다 훨씬 큰 소리로 대답하는 사람들을 보며 원자는 흐뭇하게 고개를 끄덕였다.

김 내관이 나섰다.

"원자 아기씨, 다음 공부는 어떻게 하시겠습니까?"

"나는 계속했으면 좋겠는데, 김 내관은 어떻게 하는 게 좋아?"

"본래 저는 《천자문》의 입문만 담당합니다. 그리고 나서 전하께서 원자 아기씨의 스승님을 선임해서 공부를 가르치시지요."

원자가 고개를 저었다.

"스승님을 모시는 건 다음에 하면 되니, 지금은 우리끼리 먼저 시작했으면 좋겠어."

"그러면 오늘부터는 《천자문》의 뜻풀이부터 시작하겠습니다."

원자가 눈을 빛냈다.

"그렇게 하자."

이때부터 《천자문》 풀이가 시작되었다.

"먼저 천지현황입니다. 천지현황은 《주역(周易)》의 곤괘(坤卦) 문언전(文言傳)에서 따온 글귀입니다. 《주역》은 중국 주나라 때의 경전으로 따로 《역경(易經)》이라 불리기도 하지요……."

김 내관은 《천자문》의 뜻을 옛날이야기 하듯 쉽게 풀어 주었다. 원자는 그런 김 내관의 실력에 감탄하며 머릿속에 하나하나 입력했다.

이어서 붓을 손에 쥐여 주면서 직접 써 보도록 했다.

처음에는 알아보기 어려울 정도로 글씨가 형편없었다. 그러던 원자의 글씨도 영자팔법(永字八法)을 익혀 가면서 조금씩 정돈되었다.

원자는 《천자문》 내용을 배우고 직접 쓰면서 많이 놀랐다.

김 내관이 풀어 주는 《천자문》의 내용이 신기하게도 단번에 기억되었다. 처음에는 어렵던 붓글씨도 의외로 빠르게 정립이 되어 갔다.

❀

며칠 동안 《천자문》에 푹 빠져 지냈다. 그 덕에 《천자문》 풀이도 완전히 외우게 되었고 글씨도 제법 늘었다.

그러던 어느 날.

"원자 아기씨, 흑연을 구했다고 합니다."

"오! 잘되었네. 장인들은?"

"같이 입궐하라고 했사옵니다."

"그러면 사람들을 자선재(資善齋) 앞뜰로 모이도록 해 줘."

창덕궁 동궁의 중심은 중희당이다.

중희당은 두 개의 복도가 연결되어 있다.

왼편 복도가 석유실(錫類室)이다.

석유실은 뒤로 유덕당(維德堂)이란 전각과 연결되어 있다.

두 개의 전각이 복도로 연결된 형태다.

오른편 복도는 칠분서(七分序)다.

이 복도를 통해 삼삼와(三三窩)라는 정자가 연결된다. 그리고 다시 이 층 누각인 소주합루(小宙合樓)로 연결된다.

국왕의 개혁 산실이 규장각이다.

규장각은 본래 역대 국왕의 시문과 친필, 서화 등을 관리 보관해 온 기관이다. 그런 규장각을 국왕이 학문 연구 기관으로 부활시키면서 친위 인사의 등용문으로 만들었다.

이런 규장각의 본관 건물이 주합루다. 그리고 동궁의 서재가 '소주합루'이니 국왕의 심모원려가 담겨 있는 이름이었다.

동궁 권역의 가장 뒤에 자선재가 있다.

다른 건물은 복도로 연결된 데 반해, 이 건물은 떨어져 있다. 거기다 출입문이 창경궁 방면에 따로 있어서 사람들이 조용히 출입하기 좋다.

"마마, 사람들이 모였사옵니다."

"가 보자."

말이 끝나기도 전에 사람들이 먼저 움직였다. 이들은 원자를 석유실로 안내했다.

복도를 통해 뒤쪽 전각으로 이동해서는, 신발을 신고 마당을 가로질렀다. 마당에는 몇 사람이 두 손을 가지런히 모으고 서 있었다.

전각 앞에 의자가 마련되어 있었다. 원자가 자리에 앉자 김 내관이 나섰다.

"원자 아기씨시오. 모두 인사들 하시오."

사람들이 그 자리에서 큰절을 했다. 그 모습을 본 원자의 인상이 찌푸려졌으나 어쩔 수 없었다.

"그만들 일어나세요."

"황공하옵니다."

장인들이 일어났다. 원자는 그들이 자세를 바로 할 때까지 기다렸다 입을 열었다.

"오늘 그대들을 부른 이유는 이것 때문이에요."

원자가 가져온 도면을 들었다.

"어느 분이 목장(木匠)이고, 유기장이지요?"

장인들이 각자 소속을 밝혔다. 원자가 가져온 도면을 두 무리에게 나눠 주었다.

"우선 도면을 살펴보세요."

장인들이 도면을 펼치고서는 자신들끼리 웅성거렸다. 원자는 장인들이 토의하는 동안 기다렸다.

목장들의 토의는 이내 끝났다.

그러나 유기장들은 시간이 지날수록 격화되어 갔다. 그렇게 얼마의 시간이 지나고 나서야 유기장들의 토의도 끝이 났다.

원자가 미소를 지으며 입을 열었다.

"도면 내용은 다 파악되었나요?"

목장들이 먼저 고개를 숙였다.

"소인들은 대강의 원리를 파악했사옵니다."

이에 반해 유기장들의 대답은 달랐다.

"황공하오나 소인들은 미진한 부분이 조금 있사옵니다."

원자가 자리에서 일어났다. 그 모습을 본 장인들이 황급히 손을 모으고 허리를 굽혔다.

"너무 격식을 차리지 마세요. 여러분들은 죄를 처벌받으러 온 게 아니라 일을 하러 온 거예요. 그것도 내가 직접 초대했으니 편히 하세요."

장인들이 주춤거리면서 허리를 폈다. 원자가 먼저 목장들에게 다가가서는 도면을 보며 설명했다.

"……이런 식으로 흑연을 가공하고, 그렇게 가공된 흑연을…… 이렇게 목재를…… 하면 됩니다."

원자의 설명은 짧고도 간결했다. 설명을 들은 목장들은 연신 고개를 끄덕였다.

원자가 주의를 당부했다.

"가장 중요한 건 심의 강도입니다. 그러니 비율을 단계별로 구분 지어야 합니다. 그리고 나무의 결이 한결같아야 잘 깎이지요. 목재는 본래 삼나무가 좋지만, 향나무도 나쁘지 않으니 우선은 그것으로 만들어 보세요."

"알겠사옵니다."

이어서 유기장이 있는 곳으로 갔다.

"어느 부분이 이해되지 않지요?"

"예, 바로 이 부분입니다."

이때부터 원자와 유기장들은 도면과 씨름했다.

공조(工曹) 상의원(尙衣院) 소속 유기장들은 처음에는 주저하다 이내 질문을 쏟아 냈다. 원자는 이들의 질문에 열과 성을 다해 설명했다.

그리고 얼마가 지나서였다.

"이 정도면 이해가 되겠지요?"

장인 한 명이 고개를 끄덕였다.

"되었습니다. 우선은 이해가 되기는 했사옵니다."

"그러면 시제품을 만들어 보세요. 백문이 불여일견이에요. 이런 물건은 아무리 설명을 많이 들어도 전부를 몰라요. 직접 만들어 봐야만 문제점을 찾아낼 수 있어요."

장인이 놀라움을 감추지 못했다.

"그런데 원자 아기씨께서는 어떻게 이런 기물에 대한 지식이 해박하시옵니까?"

김 내관이 싸늘하게 충고했다.

"때로는 모르는 게 약일 수가 있다. 공연한 호기심이 화를 부를 수도 있다는 걸 모르는가?"

유기장이 황급히 무릎을 꿇으려고 했다.

그것을 본 원자가 제지했다.

"그만하면 되었어요. 그러니 그냥 계세요."

유기장이 급히 몸을 숙였다.

"황공하옵니다. 소인이 주제넘게 삿된 말씀을 올렸사옵니다."

"아니에요. 장인이 호기심도 없이 어떻게 물건을 만들겠어요. 이 물건은 내가 상상해서 만들어 낸 것이어서 어디서 배워 온 게 아니에요."

"아! 그러십니까?"

"그래요. 그리고 그대들이 만들게 되면 조선 최초의 장인이 되는 거예요."

장인이 감격해하며 다짐했다.

"소인을 불러 주셔서 황감하옵니다. 반드시 이 기물을 제대로 완성해 보겠습니다."

세자가 당부했다.

"처음 만드는 물건이어서 시행착오를 몇 번 거쳐야 할 겁니다. 시일이 촉박한 건 아니지만, 너무 늦지 않도록 만들어 보세요."

"명심하겠사옵니다."

원자가 김 내관을 바라봤다.

"이분들이 고생하는 수고비는 넉넉하게 지급해 주세요."

"알겠습니다."

돈을 준다는 말에 장인들이 눈을 빛냈다.

원자가 그들을 바라보며 주의를 주었다.

"별도의 지시가 있기 전까지는 기밀을 유지해야 합니다. 그러니 절대 입조심을 해 주세요."

장인들이 일제히 고개를 숙였다.

"명심하겠사옵니다."

원자가 김 내관에게도 별도의 지시를 했다.

"김 내관이 수고스럽지만, 따로 사람을 보내 관리를 하도록 해."

"성려하는 일이 일어나지 않도록 최선을 다하겠습니다."

김 내관이 장인들을 인솔해서 나갔다.

설명을 자세히 해 주었어도 새로운 물건을 만드는 일은 결코 쉽지 않다. 그런데도 목공들은 열흘도 되지 않아 백여 자루의 시제품을 만들어 왔다.

처음과 달리 목공을 자선재로 들였다.

원자가 상자에서 하나를 꺼내 살폈다.

놀랍게도 외양은 이전 시대 연필과 정확히 흡사했다. 다른 부분은 표면에 도색이 없고 심이 굵은 정도였다.

"물건을 만드는 데 문제는 없었나요?"

장인이 설명했다.

"심을 만드는 게 조금은 어려웠습니다."

"역시 반죽을 해서 균일하게 뽑고 외형을 유지하면서 말리는 게 어려웠나 보군요."

"예, 그래서 먹처럼 아교를 풀어서 점성을 높였습니다. 그랬더니 보시는 대로 심의 원형이 아주 잘 유지되었습니다."

원자가 모르는 지식이었다.

"먹을 만드는 데 아교를 섞는군요."

"그렇사옵니다."

목장이 먹 만드는 법을 설명했다. 그 설명을 듣던 원자가 크게 고개를 끄덕였다.

"다행이네요. 먹과 연필심의 만드는 방법이 비슷해서 시행착오가 적었겠어요."

"먹과 달리 황토를 배합하는 방식이어서 오히려 쉬웠습니다. 단지 가늘게 만들고, 심을 찌는 부분이 조금 어려웠습니다."

원자가 고개를 갸웃했다.

"역시 물건은 직접 만들어 봐야 하네요. 그런데 왜 심을 쪄서 만들었지요?"

"그냥 말리니까 너무 쉽게 깨졌습니다. 그래서 고심하다 쪄서 말리니까 부서지지도 않고 심이 단단해져 글씨도 잘 나왔습니다."

원자가 크게 칭찬했다.

"역시 전문가는 보통 사람들과는 다른 안목을 갖고 있군요. 문제가 생긴 것을 포기하지 않고 제대로 된 물건을 만들었어요. 결과가 좋았다니 아주 다행이에요."

목장의 입이 귀에 걸렸다.

아무리 나이가 어리다 해도 장차 국본이 되고 군주가 될 원자다. 그런 원자의 칭찬에 장인은 기뻐하며 몸을 굽혔다.

"황감하옵니다, 원자 아기씨."

"김 내관, 작은 칼을 가져다줘."

김 내관이 펄쩍 뛰었다.

"칼이라니요. 다치시면 어쩌려고 그러십니까? 분부를 내리시면 소인이 하겠사옵니다."

원자가 입맛을 다시며 아쉬워했다. 그러고는 김 내관에게 깎는 요령을 설명했다.

이러는 동안 보모상궁이 장식장에서 은장도를 꺼내 주었다. 그것을 받아 든 김 내관이 조심스럽게 연필을 깎았다.

"이렇게 깎으면 되옵니까?"

"잘했어. 연필을 이리 줘 봐."

김 내관이 탄성을 터트렸다.

"아! 이 물건의 이름이 연필이로군요."

원자가 얼떨결에 대답했다.

"그래, 부드럽게 잘 써질 것 같아서 이름을 그렇게 지으려고 해."

"붓처럼 쉽게 써진다면 연필이 좋겠습니다."

원자가 연필로 일필휘지했다.

天地玄黃

"오! 오!"

생각보다 글이 잘 써졌다. 그것을 본 내관과 상궁 나인들이 바로 탄성을 터트렸다.

원자는 가져온 연필을 종류대로 깎게 했다. 그리고 다섯 종류로 구분했다.

"지금부터 연필의 강도를 이렇게 구분해서 만드세요. 가장 가늘게 써지는 게 첫째이고, 심이 굵게 나오는 게 다섯째입니다."

"명심하겠습니다."

원자가 연필을 종류별로 들었다.

"이 연필을 종류별로 시제품을 각각 이백 자루씩 천 자루를 만들어 오세요."

목장이 놀라워했다.

"그렇게 많이 만들려면 흑연을 더 구해야 합니다."

"흑연과 목재는 우리가 구해 줄 터이니 신경 쓰지 않아도 돼요. 그리고 앞으로 훨씬 더 많이 필요할 터이니, 추가로 만들어 놓는 게 좋을 거예요."

목장이 난색을 보였다.

"물량이 많으면 남의 눈에 띄지 않고 만들기가 곤란하옵니다. 상의원에는 오가는 사람들이 많아서 시제품도 겨우 만들었사옵니다."

원자가 김 내관을 바라봤다.

"김 내관, 이분들에게 공방을 따로 구해 줄 수 있겠어?"

김 내관이 즉각 대답했다.

"소인의 사가가 꽤 넓습니다. 별채를 이용하면 관리도 쉽고 말이 밖으로 새지 않을 것이옵니다."

"고마워, 김 내관."

김 내관이 몸을 숙였다.

"아닙니다. 마마를 위하는 일인데 당연히 도와드려야지요."

원자가 김 내관에게 눈짓했다. 그것을 본 김 내관이 주머니를 목장에게 건넸다.

"이게 무엇이옵니까?"

원자가 설명했다.

"연필을 잘 만들어 준 포상이에요. 앞으로 더 만들어야 할 거라서 그것도 함께 사례했어요."

사례라는 말에 목장이 침을 꿀꺽 삼켰다. 그런 내심과는 달리 급히 저으며 사양했다

"아니옵니다. 소인들은 상의원에 속해 있사옵니다. 그래서 일당을 따로 받고 있어서 별도로 사례를 해 주지 않아도 되옵니다."

원자가 고개를 저었다.

"넣어 두어요. 그대들이 만든 이 물건으로 인해 앞으로 수많은 사람이 편해질 거예요. 그러니 받아도 돼요."

목장들은 욕심이 나면서도 쉽게 주머니를 잡지 못했다. 그 모습을 본 원자가 일부러 인상을 썼다.

"한 사람 앞으로 닷 냥씩 넣었는데, 혹시 작아서 그러는

거예요?"

닷 냥이면 쌀이 한 가마니였다.

목장이 황급히 손을 저었다.

"아닙니다. 절대 그렇지 않사옵니다."

"그러면 아무 말 말고 넣어 두세요."

목장이 손을 떨며 주머니를 집었다.

"황감하옵니다. 남은 물건도 최선을 다해 만들어 바치겠
사옵니다."

"잘해 보세요. 두 분이 잘만 하면 앞으로 더 좋은 일이 생
길 수 있다는 점을 명심하고요."

"예, 원자 아기씨."

두 사람은 거듭 인사를 하고 방을 나갔다.

그들이 나가자 보모상궁이 궁금해했다.

"원자 아기씨, 저 사람들이 물건을 만들어 오면 또 포상을
하실 건가요?"

"포상은 해 줘야겠지. 그보다 본인들이 원한다면 새로운
길을 알려 줄 생각이야."

"새로운 길이라니, 그게 뭐지요?"

원자가 싱긋이 웃으며 연필을 들었다.

"유모, 우리 조선은 앞으로 많이 바뀌어야 해. 나는 그런
변화가 저 사람들부터 시작되었으면 좋다고 생각했어."

보모상궁이 어리둥절했다.

"소인은 무슨 말씀인지 모르겠습니다."

"잠시 지켜봐. 나는 이 물건으로 돌파구를 삼을 거야. 그러면서 조금씩 내가 원하는 나라를 만들어 나가고 싶어."

보모상궁이 걱정했다.

"원자 아기씨는 장차 나라의 대통을 이으실 분입니다. 보위에 오르시고 나면 마음대로 하실 수가 있사옵니다. 지금은 그저 열심히 수양하고 공부에 매진하실 때이옵니다."

"그렇기는 해. 그러나……."

원자가 뒷말을 삼켰다.

'시간이 급해. 이대로 그냥 세월만 보내다가는 이전처럼 최악의 상황이 발생할 수가 있어. 그 전에 내가 역사의 물줄기를 바꿔 놔야 해.'

원자가 연필을 다시 살폈다.

"그나저나 참으로 잘 만들었네. 앞으로 다른 물건들도 이렇게만 잘 만들 수만 있다면 더 바랄 나위가 없겠다."

"그게 그렇게 잘 만든 것이옵니까?"

"그럼! 정말 잘 만든 물건이고말고."

원자는 그렇게 한동안 연필을 쓰다듬었다.

✸

연필 개발은 쉽게 성공했다.

그런데 유기장에게 의뢰한 물건은 쉽게 만들어 내지 못했다. 그래서 몇 번이고 도면과 만들고 있는 물건을 가지고 들어와 원자에게 자문을 구해야 했다.

원자는 그들에게 자문해 주면서 한학 공부에 집중했다. 《동몽선습》, 《사자소학》에 이어 《명심보감》을 시작했다.

한 권의 책을 익히는 데 짧게는 몇 달, 길게는 1년여의 세월이 걸린다. 그런데 원자는 이미 전생의 지식이 머릿속에 고스란히 남아 있었다.

덕분에 두 권은 기억을 확인하는 정도로 끝내고는 《명심보감》에 집중했다. 처음 보는 《명심보감》이었지만 어렵지 않게 외울 수 있었다.

사정을 알지 못하는 주변 사람들은 경악했다. 본래라면 소문이 대궐 담장을 넘고도 남았다.

그러나 동궁을 벗어나지 않았다. 원자의 당부에 주변 사람들이 입조심을 했기 때문이다.

원자는 대외적으로는 공부를 시작하지 않고 있었다. 이런 원자의 가장 큰 일은 윗전의 문안 인사다.

아침저녁으로 문안 인사를 드린다.

국왕 부부를 시작으로 왕대비와 할머니인 혜경궁, 생모인 수빈 박 씨를 찾아 문안을 드린다. 대궐은 넓어 문안을 드릴 때는 본래 가마를 탄다.

그러나 원자는 절대 가마를 타지 않았다.

힘이 들어도 늘 걸어 다녔다.

문안을 드릴 때마다 국왕은 건강을 꼭 확인했다. 그러나 원자의 변화를 알지 못해 더 이상의 질문은 없었다.

❀

한 달여의 시간이 지나 한창 더운 8월로 접어들었다. 원자가 한창 붓글씨를 쓰며 공부를 하고 있을 때 내관이 고했다.

"원자 아기씨! 상의원 유기장이 물건을 다 만들었다고 연락을 해 왔사옵니다."

원자가 반색을 했다.

"오! 그래, 지금 어디 있지?"

"궐 밖에서 대기하고 있사옵니다."

"김 내관이 그들을 자선재로 데리고 오도록 해."

"예, 마마."

김 내관이 나가고 원자도 붓을 놓았다. 대기하고 있던 나인이 조심스럽게 필기구를 정리했다.

잠시 후.

원자가 유기장을 만났다.

세 사람의 유기장은 가져온 나무 상자를 조심스럽게 내밀었다. 그것을 받아 든 김 내관이 상자를 원자 앞에서 개봉했다.

원자가 상자에서 물건 하나를 꺼냈다. 그러고는 천천히 외부를 살피다 만족한 미소를 지었다.

"생각보다 잘 나왔네요. 수고했어요."

긴장한 표정으로 바라보던 유기장들은 그제야 긴장을 풀고 활짝 웃었다.

"황감하옵니다."

세자가 물건을 건넸다.

"물건을 분해해 보세요."

유기장 한 명이 무릎걸음으로 다가와서는 조심스럽게 물건을 분해했다.

그것을 본 김 내관이 곧바로 탄성을 터트렸다.

"오오! 물건이 쉽게 분해가 되는군요."

원자가 부품을 역순으로 조립하며 설명했다.

"이렇게 분리가 되어야 사용도 할 수 있고, 보관하는 데도 문제가 없어."

그러다 손에 힘이 부족해 쉽게 잠기지 않자 김 내관에게 건넸다.

"김 내관이 조립을 해 봐."

유기장이 분해한 걸 봤던 김 내관은 어렵지 않게 조립했다. 원자가 다시 뒷부분을 열게 하고는, 심을 끼우고서 살살 돌렸다.

김 내관이 다시 탄성을 터트렸다.

"오! 뒤를 돌리니 심이 나오는군요. 그런데 이 심은 연필보다 굵습니다."

원자가 설명했다.

"심이 가늘면 쉽게 부러지기 때문에 어쩔 수 없이 굵게 만든 거야."

원자가 종이에다 글을 썼다. 능숙하게 써 내려가는 원자를 보며 사람들이 탄성을 터트렸다.

子曰 爲善者 天報之以福 爲不善者 天報之以禍

김 내관이 읽어 나갔다.

"자왈 위선자 천보지이복이요, 위불선자 천보지이화라."

원자가 해석했다.

"공자가 말씀하시기를 착한 일을 하는 사람에게는 하늘에서 복을 주시고, 악한 일을 하는 사람에게는 하늘에서 화를 주신다."

"《명심보감》첫째 계선(繼善)편의 첫 문장이군요."

"맞아."

이러고는 몇 구절을 더 써 나갔다. 그 구절을 김 내관이 읽고 원자가 풀어 해석했다.

그렇게 한참을 써 내려가니 심이 닳았다. 그러자 원자가 뒤를 돌려 심의 크기를 조절했다.

김 내관이 탄성을 터트렸다.

"오! 그런 방식으로 사용하는 거로군요."

원자가 김 내관에게 필기구를 건넸다.

"김 내관이 사용해 봐. 너무 세게 누르면 심이 부러지니 적당히 눌러서 써야 해."

"알겠사옵니다."

필기구를 건네받은 김 내관이 조심스럽게 글을 써 나갔다. 김 내관도 《명심보감》의 구절을 몇 개 쓰고는 대만족을 했다.

"이야! 이거 참으로 편리합니다. 그런데 한 가지 궁금한 점이 있사옵니다."

원자가 웃으며 고개를 끄덕였다.

"뭐가 궁금한데?"

"지난번에 연필이란 필기구를 만들었습니다. 그것만 해도 획기적인데, 구태여 이런 물건을 또 만들 필요가 있었습니까?"

"연필만 해도 충분은 하지. 하지만 이렇게 고급 필기구의 수요도 많지 않겠어?"

김 내관이 고개를 끄덕였다.

"맞습니다. 양반들이나 돈 많은 상인들이라면 사서 쓸 수 있겠습니다."

원자가 장인들을 바라봤다.

"혹시 이런 물건이 다른 나라에 있었다는 말을 들은 적이 있나요?"

유기장 중 나이 많은 사람이 고개를 저었다.

개혁군주

"없사옵니다. 소인은 청국을 출입하는 역관들과도 친분이 많은데, 그분들도 이런 물건을 사용한 걸 본 적이 없습니다."

김 내관이 조심스럽게 질문했다.

"혹시 이 물건을 청국에 팔려고 하십니까?"

"물건만 좋다면 못 할 것도 없잖아."

김 내관이 고개를 저었다.

"쉽지 않을 것이옵니다. 청국은 우리보다 기술이 뛰어납니다. 아마도 이런 물건이 넘어가면 금방 더 좋게 만들어 낼 것이옵니다."

유기장도 거들었다.

"그렇사옵니다. 청국에는 규모가 큰 공방이 많습니다. 그런 공방에서 이 물건을 만들어 내면 상대하기 어렵사옵니다."

"규모에서 밀린다는 말이군요."

"예, 마마."

원자가 고개를 끄덕였다.

"어쩔 수 없는 일이지. 그러나 물건을 팔 곳은 그곳 말고도 많아."

김 내관의 눈이 커졌다.

"청국 말고 또 다른 곳이 어디 있다는 말씀이옵니까?"

원자가 손을 들었다.

"그건 차차 알아보면 될 일이고. 유기장."

"예, 마마."

"양산하려면 준비가 많이 필요하겠지요?"

유기장이 잠시 생각했다.

"이런 물건을 양산하려면 제대로 된 시설이 필요합니다."

그러고는 인력과 장비를 설명했다.

설명을 들은 원자가 고개를 갸웃했다.

개혁군주

국왕이 놀라다

유기장이 의외로 많은 인력과 장비를 거론했다.

"그렇게 많은 장인을 투입했음에도 생산 수량은 의외로 적네요."

"장인들이 할 수 있는 양이 한정되어 있기 때문입니다."

"그렇군요. 이 물건은 장인 각자가 만든 겁니까?"

"그렇사옵니다."

"분업하지 않고요?"

유기장이 고개를 갸웃했다.

"분업이라면, 일을 나눠서 한단 말씀입니까?"

"맞아요."

"이런 물건을 어떻게 분업을 한단 말씀입니까?"

유기장의 반응을 본 원자는 인력이 많이 들어가는 이유를 바로 파악했다. 원자가 김 내관을 시켜 필기구를 분해하게 했다.

"여러분들께서는 이 필기구를 각자가 만들었다고 했지요?"

"그렇습니다."

"그러면 이렇게 해 보는 건 어떤가요?"

원자가 부품 하나를 들었다.

"한 사람이 오로지 자신이 맡은 부품만 만드는 거예요. 그러면 일이 손에 익어 물건도 잘 만들고 능률도 오르지 않겠어요?"

유기장이 잠시 생각하다 대답했다.

"해 보지 않았지만 그렇게 될 것 같기는 합니다."

원자가 부품을 짚어 나갔다.

"부품을 종류별로 나눠 맡아서 만드는 게 분업이에요. 분업을 하면 지금보다 몇 배, 아니 몇십 배의 능률이 오를 거예요."

유기장은 고개를 끄덕이기는 했다. 그러나 그의 얼굴에는 믿을 수 없다는 표정이 고스란히 드러나 있었다.

원자가 다시 강조했다.

"분업을 시행하면 능률이 크게 상승합니다. 그러니 공방이 만들어지면 반드시 그 방식대로 해 보세요."

원자의 지시를 안 된다고 할 수는 없었다. 유기장이 속내를 감추고서 몸을 숙였다.

"마마의 말씀대로 해 보겠습니다."

원자가 김 내관을 찾았다.

"김 내관, 이분들에게도 따로 공방을 만들어 줄 수 있겠어?"

김 내관이 난색을 보였다.

"가능은 합니다만 문제가 있습니다."

"무슨 문제가 있지?"

"상의원에 속한 유기장은 모두 네 명입니다. 거기서 셋을
빼 오면 바로 문제가 되옵니다. 송구하오나 그 문제를 먼저
해결해야 이 사람들이 편하게 일을 할 수 있사옵니다."

유기장들이 동시에 고개를 끄덕였다. 원자도 선선히 고개
를 끄덕였다.

"알았어. 그 문제는 내가 풀 터이니 김 내관은 이 사람들
이 일할 수 있는 기반을 만들어 주도록 해."

"경비가 상당히 소요될 터인데, 이는 어떻게 해결하면 좋
겠사옵니까?"

"그 부분은 내가 알아서 할게."

원자가 유기장들을 보내고 김 내관에게 확인했다.

"목장들이 만들고 있는 연필은 어떻게 되어 가고 있지?"

"그렇지 않아도 내일 가지고 들어오려고 합니다."

"수량을 전부 만들었나 보구나."

"그렇사옵니다."

"알았어. 내일 아바마마를 뵙고 이 필기구와 함께 진상하

면 되겠다."

"드디어 주상 전하께 진상하시려고요?"

원자가 고개를 끄덕였다.

"본래는 규장각의 각신들에게 선물부터 하려고 했었어. 그런데 생각해 보니 아바마마께 진상하는 게 순서일 거 같아서 말이야."

보모상궁이 환하게 웃었다.

"잘 생각하셨습니다. 주상 전하께서 이런 물건을 원자 아기씨가 만들었다고 하면 크게 놀라실 것입니다."

"공연한 일을 했다고 꾸짖지는 않겠지?"

보모상궁이 펄쩍 뛰었다.

"나이 어린 아기씨께서 만든 물건이옵니다. 그것도 세상이 없는 필기구이고요. 주상 전하께서는 분명 크게 기뻐하실 것이옵니다."

"다른 사람들도 그렇게 생각할까?"

김 내관이 나섰다.

"물론입니다. 처음에는 누구도 믿으려 하지 않을 것입니다. 그러다 물건을 직접 확인하면 놀라지 않을 사람이 없을 겁니다."

원자가 천천히 고개를 끄덕였다.

'되도록 소문이 크게 나야 해. 그러면서 이전에 나약했던 나의 허물을 완전히 벗어 버려야 해. 그래야 앞으로 내가 해

야 하는 일에 공연한 시비가 일어나지 않아.'

지금까지는 유약해서 국왕의 믿음도 얻지 못하고 있었다. 그로 인해 조정 대신들도 은연중 훗날을 걱정하고 있었다.

원자는 이런 상황을 단번에 만회하려 했다. 그래야 앞으로의 운신에 발목이 잡히지 않기 때문이다.

❋

다음 날 오후.

국왕의 하루는 새벽부터 바쁘다.

그런 국왕의 하루 중 가장 한가한 때가 늦은 오후에서 저녁을 먹기 전이다. 그때를 맞춰 원자가 김 내관을 선정전으로 보냈다.

김 내관을 본 상선(尚膳)이 눈을 크게 떴다.

"자네가 여기는 어인 일이더냐?"

"원자 아기씨께서 전하를 뵙고 싶어 합니다. 그래서 언제 찾아뵈면 좋은지 알아보라고 소인을 보냈사옵니다."

상선이 어리둥절해했다.

"원자 아기씨께서 주상 전하를 뵙고 싶어 한다고?"

"그렇사옵니다."

"놀라운 일이다. 원자께서 전하를 뵙고 싶다고 한 적은 한 번도 없었는데, 혹시 무슨 큰일이 있는 거냐?"

"그런 일은 없사옵니다."

"으음! 잠시 기다려라."

상선이 선정전으로 들어갔다. 경연을 마친 국왕이 망중한으로 책을 읽고 있었다.

"전하! 원자 아기씨께서 뵙기를 청했사옵니다."

책을 읽던 국왕이 놀라 고개를 들었다.

"원자가 과인을 보고 싶다는 청을 했어?"

"원자 아기씨를 보살피는 김 내관이 와서 고했사옵니다. 어떻게, 지금 오시라 할까요?"

국왕이 책을 덮었다.

"아니다. 원자가 모처럼 아비를 찾는데 직접 가 봐야지. 앞장서거라."

"예, 전하."

김 내관이 먼저 와 국왕이 직접 온다는 소식을 전했다. 그 말을 들은 원자가 마당까지 내려갔다.

잠시 후.

국왕이 동궁으로 들어서다 원자를 보고 환하게 웃었다.

"오! 우리 원자가 나와서 기다리는구나."

"아바마마를 뵙사옵니다."

원자가 두 손을 모으고 허리를 굽혔다. 그런 원자를 흐뭇하게 바라보던 국왕이 원자를 다독였다.

개혁군주

"날이 더우니 어서 들어가자."

"예, 아바마마."

이러면서 다시 몸을 숙였다. 국왕은 오늘따라 원자가 의젓하다고 생각하며 먼저 올라갔다.

이윽고 두 부자가 마주 앉았다.

"네가 아비를 만나자고 청한 것이 이번이 처음이구나. 그래, 무슨 일이 있어서 그런 청을 한 것이더냐?"

원자가 고개를 돌렸다. 그러자 김 내관이 준비한 나무 상자 두 개를 조심스럽게 바쳤다.

"이것이 무엇이더냐?"

"소자가 장인들을 시켜 만든 물건이옵니다."

국왕이 놀랐다.

"네가 만든 물건이라고?"

"그렇사옵니다."

원자의 당당한 대답에 국왕은 호기심이 크게 동했다. 그래서 한쪽 상자를 열려고 했으나 원자가 다른 상자를 먼저 권했다.

"이쪽부터 열어 보시옵소서."

"오냐. 그렇게 하마."

국왕이 상자를 열었다. 상자에는 연필이 들어 있었으며, 국왕이 그중 하나를 꺼내서 살폈다.

"이것이 어디에 쓰는 물건이냐?"

원자가 소매에서 연필을 꺼냈다. 그러고는 깎는 방법과 사용 방법을 설명했다.

국왕이 크게 놀랐다.

"이게 필기구란 말이구나!"

"예, 아바마마."

원자의 말이 끝나기 무섭게 김 내관이 깎인 연필과 종이를 가져다 바쳤다. 국왕이 연필로 글씨를 몇 자 썼다.

그러고는 대번에 탄성을 터트렸다.

"오! 이거 참으로 편리한 물건이로구나."

국왕은 몇 번이고 글을 썼다.

그러고는 새 연필을 직접 장도로 깎았다. 그리고 다시 써 본 국왕이 거듭 탄성을 터트렸다.

"대단한 물건이로구나. 이걸 우리 원자가 만들다니, 그게 더 놀랍도다."

보모상궁이 거들었다.

"소인도 원자 아기씨께서 장인들에게 지시하는 모습을 보고서 너무도 놀랐었사옵니다."

"누가 도와준 사람이 있느냐?"

"아무도 없사옵니다. 소인들도 처음 보는 물건이어서 별다른 도움을 드리지 못했사옵니다."

국왕도 인정했다.

"그렇겠지. 과인도 이런 기물은 처음이니 너희들이라고

오죽했겠느냐."

국왕은 다음 상자를 열었다. 그리고 처음보다 더 크게 놀랐다.

"이건 또 어디에 쓰는 물건이더냐?"

원자가 설명했다.

"나무로 깎는 물건은 연필이라고 이름을 정했사옵니다. 그리고 아바마마께서 들고 계시는 그 물건은 자동연필이라고 이름 지었사옵니다."

"자동이라면 이게 절로 움직인다는 말이더냐?"

"자동연필의 끝부분을 오른쪽으로 돌리면 심이 나옵니다."

국왕이 자동연필의 끝을 돌렸다. 그러다가 탄성을 터트렸다.

"오오! 참으로 신기하구나. 어떤 원리기에 끝을 돌리면 심이 나오게 되는 거냐?"

원자가 작동 원리를 간단히 설명했다. 국왕은 기가 막혔는지 잠시 말을 못 했다.

"……놀라운 일이다. 다섯 살의 어린 원자가 이렇게 대단한 물건을 만들어 낼 수 있단 말이냐?"

국왕이 원자를 보필하는 사람들을 둘러봤다.

"정녕 아무도 도움을 준 사람이 없단 말이냐?"

"예, 전하."

원자가 나섰다.

"이 물건들은 소자가 고안해 낸 것이옵니다. 장인들을 불

러 모으는 도움을 받은 일 이외에는 누구의 도움도 받지 않
았사옵니다."

이러면서 두루마리를 바쳤다.

"이게 무엇이더냐?"

"두 물건을 만드는 데 필요한 도면이옵니다. 도면은 김홍
도 화원이 그렸사옵니다."

"도면을 단원(檀園)이 그렸다고?"

"예, 아바마마께서 총애하신다고 해서 그 사람을 불러서
그리게 했사옵니다."

왕은 크게 놀랐다.

"아비가 총애하는 사람이어서 일부러 불렀다는 말이냐?"

"그렇사옵니다."

"⋯⋯혹여 아비가 믿지 않을 거 같아서 처음부터 단원을
부를 생각을 한 것이냐?"

"그런 생각도 없잖아 있었사옵니다. 하오나 어진화사까지
한 화원이라 그 사람의 능력을 믿고 불렀사옵니다."

국왕이 너털웃음을 터트렸다.

"허허! 그런 생각을 했다니 놀랍구나."

국왕은 원자의 변화가 너무도 놀라웠다.

"나약하기만 하던 네가 이렇게 바뀌었을 줄 몰랐구나. 이
런 기물을 만들어 냈다니. 아비는 보고도 믿을 수가 없구나."

원자가 말없이 고개를 숙였다. 국왕은 그런 원자의 모습이

오히려 더 든든하게 느껴졌다.

"흠! 어디 보자."

헛기침을 한 국왕이 도면을 펼쳤다.

한동안 도면을 살피던 국왕이 탄성을 터트렸다.

"아아! 놀라운 방식이로다. 이런 원리로 자동연필이 작동하면 고장도 별로 없겠구나."

감탄한 국왕은 자동연필의 부품을 하나하나 풀어서 살폈다. 그러고는 다시 조립해서 직접 써 보고는 격찬했다.

"대단하다. 과인은 이렇듯 유용한 필기구는 처음이다. 우리 원자가 참으로 대단한 일을 했구나."

원자가 더욱 몸을 숙였다.

"과찬이시옵니다."

"아니다. 이런 물건은 청국에도 없다. 있었다면 과인이 모를 리가 없지. 그런데 어떻게 이런 물건을 만들 생각을 한 것이냐?"

"얼마 전 규장각에 간 일이 있었사옵니다."

원자가 당시의 일과 그동안의 과정을 일목요연하게 설명했다.

설명을 들은 국왕이 돌연 너털웃음을 터트렸다.

"허허허! 놀랍구나. 보통은 그런 모습을 보고 그러려니 하고 지나친다. 그런데 원자는 그걸 그냥 허투루 넘기지 않았구나."

"나라의 일을 하는 사람들입니다. 그런 사람들의 불편함을 덜어 주어야 큰일을 할 수 있지 않겠사옵니까?"

국왕이 놀라움을 감추지 않았다.

"이런! 우리 원자가 언제부터 이렇게 논리정연하게 말을 잘하였더냐. 아비는 네가 이런 물건을 만든 것보다 사리가 분명해진 모습이 훨씬 더 기쁘고 놀랍구나."

"황공하옵니다."

"보모상궁."

"예, 전하."

"원자가 언제부터 이렇게 총명해진 것이더냐."

"두 달여 전에 갑자기 쓰러졌다 사흘 만에 정신을 찾은 이후부터이옵니다."

국왕이 원자를 바라봤다.

"보모상궁의 말이 맞느냐?"

원자가 분명하게 밝혔다.

"예, 그때부터 더는 어른들께 폐를 끼쳐서는 안 된다고 생각하게 되었사옵니다."

"그래?"

보모상궁이 한발 더 나갔다.

"달라진 것이 또 있사옵니다."

국왕이 큰 관심을 보였다.

"무엇이 또 달라졌다는 말이냐?"

"원자 아기씨의 학문이 일취월장했사옵니다."

국왕의 목소리가 커졌다.

"뭐라고! 학문이? 원자는 아직 《천자문》도 입문하지 않았다. 그런데 학문이라니?"

김 내관이 설명했다.

"지난 몇 개월 동안 원자 아기씨께서는 《천자문》은 물론이고 《동몽선습》과 《사자소학》을 독파하셨습니다. 그래서 지금은 《명심보감》을 공부하고 있는데, 그것도 거의 끝나 가고 있사옵니다."

국왕의 펄쩍 뛰며 놀랐다.

"그게! 그게 정녕 사실이더냐?"

김 내관이 몸을 숙였다.

"소인은 《천자문》만 가르치려고 했사옵니다. 그런데 원자 아기씨께서 시간이 아깝다고 하시면서 소인을 다그치셨사옵니다. 그래서 어쩔 수 없이……."

김 내관이 그간의 과정을 설명했다. 그 말을 들은 국왕이 바로 지시했다.

"지금까지 수업한 책을 모두 가져와라."

김 내관이 책자에 놓인 책을 가져다 바쳤다.

그 책을 훑은 국왕이 원자를 바라봤다.

"정녕 몇 달 만에 이 책들을 모두 공부한 것이더냐?"

원자가 겸양했다.

"성현의 말씀은 깊이가 하염없는데, 어찌 한순간에 모두 알 수가 있겠사옵니까? 그래서 전부 알 수는 없지만, 외우고 쓸 수 있을 정도는 되었사옵니다."

논리정연한 말에 국왕은 넋이 나갔다.

"허허! 놀랍도다, 원자가 이런 말을 다 하다니. 과인은 듣고도 믿기지가 않는구나."

원자가 대답을 하지 않았다.

"……."

침묵이 때로는 웅변보다 좋을 때가 있다.

원자가 말을 하지 않자 국왕이 바로 정신을 수습했다.

"좋다. 그렇다면 《천자문》부터 외워 봐라."

원자가 자세를 바로 했다.

그러고서 《천자문》을 단숨에 외우고 풀어 나갔다. 《천자문》을 외우는 것만 해도 대단한 일인데, 사언고시의 뜻까지도 줄줄이 풀어낸 것이다.

놀란 국왕이 이번에는 《동몽선습》과 《사자소학》을 외우게 했다. 원자는 이번에도 한 번의 멈춤도 없이 정확히 뜻을 풀어냈다.

국왕이 호탕하게 웃었다.

"하하하! 우리 원자가 이토록 영특할 줄은 미처 몰랐구나. 그래, 《명심보감》도 외울 수 있겠느냐?"

"끝의 몇 장은 아직 외우지 못했사옵니다."

개혁군주

"그러면 익힌 곳까지만 외워 보도록 해라."

원자가《명심보감》을 외워 나갔다.

그런 모습을 본 국왕은 기꺼워했으며, 끝을 내지 못했음에도 크게 기뻐했다.

"하하하! 정말 장하구나. 네가 짧은 시간에 이렇듯 많은 공부를 했을 줄은, 아비는 전혀 몰랐구나."

"김 내관과 보모상궁의 도움이 있었기에 가능했사옵니다."

"오냐, 오냐. 아비가 두 사람에게 큰 상을 내리겠다."

김 내관과 보모상궁이 황급히 인사했다.

국왕이 이번에는 글을 써 보게 했다. 그렇게 한동안 외운 것을 확인한 국왕은 크게 흡족해했다.

"잘했다! 이 정도면 훌륭하다. 아비도 다섯 살에는 너처럼 잘하지 못했어."

"황감하옵니다."

기뻐하던 국왕이 마음을 가다듬었다.

"자! 그건 그렇고, 이 연필과 자동연필은 어떻게 했으면 좋겠느냐?"

"자동연필은 시제품만 겨우 만들었사옵니다. 양산하려면 아바마마의 도움이 필요하옵니다."

원자가 필요한 인원과 재료 수급을 설명했다. 그러면서 분업이 양산에 도움이 된다는 말도 했다.

국왕이 고개를 저었다.

"오늘 아비는 우리 원자를 보며 몇 번이나 놀라는구나. 분업이란 말은 들은 적이 없는데, 어떻게 그런 방식을 알아낸 것이냐?"

"장인들의 설명을 듣다 알게 되었사옵니다. 일의 능률을 올리려면 기술의 숙련도를 배양시켜야 한다고 생각했사옵니다. 그러기 위해서는 분업이 최선이라고 판단했고요."

국왕이 크게 고개를 끄덕였다.

"좋은 생각이다. 현장에서 어떻게 달라질지는 모르지만, 설명만 들어도 충분히 도움이 될 거 같구나. 그래, 아비가 양산에 도움을 주면 그걸로 무엇을 하려느냐?"

"자동연필은 우선 관수용으로 만들어 조정 관리들에게 나눠 주었으면 하옵니다."

"무상으로 나눠 주라는 말이구나?"

"그러하옵니다. 우리나라는 세수가 부족해 관리들의 녹봉을 풍족하게 지급하지 못하옵니다. 그래서 이 물건들을 만들어 나눠 주면 조금은 도움이 될 거 같아서요."

국왕의 머릿속이 복잡해졌다.

"으음! 원자가 그런 생각까지 했구나. 그래, 이런 기물을 나눠 주면 좋아들 하겠지. 그러면 어떻게 나눠 주었으면 좋겠느냐?"

"방식은 하후상박이 좋을 듯하옵니다. 아바마마를 돕고

있는 성균관 각신과 초계문신들에게는 더 많은 물량을 하사했으면 좋겠사옵니다. 그리고 성균관 유생들과 도화서 화원에게도 특별 지급했으면 좋겠고요."

국왕이 놀라워했다.

"하후상박까지 생각하다니 기특하구나. 그런데 규장각과 성균관은 그렇다지만, 도화서 화원에게도 연필을 나눠 줄 필요가 있느냐?"

원자가 손짓을 하자 김 내관이 상자에 든 연필 중 하나를 들었다.

"연필에는 이렇듯 숫자가 적혀 있습니다. 그 숫자 중 큰 숫자의 심이 가장 굵고요. 이런 심이 들어간 연필은 부드러워서 밑그림을 그리는 데 사용하기 적합하옵니다."

설명하는 동안 김 내관이 급히 연필을 깎아서 국왕에게 바쳤다. 그 연필을 이리저리 사용해 본 국왕이 크게 고개를 끄덕였다.

"그렇구나. 이 연필은 부드러워서 글을 쓰다 보면 쉽게 부러지겠어. 그런데 이런 것도 다 염두에 두고서 연필을 만든 것이더냐?"

"그렇사옵니다."

"허허허! 놀랍고 신기해서 아비가 뭐라 말을 할 수가 없구나."

잠시 고심을 하던 국왕이 질문했다.

"이렇게 좋은 물건을 확산시키는 게 좋지 않겠느냐?"

"소자도 그렇게 되었으면 좋겠사옵니다. 하오나 당장은 양산을 하기 어려우니, 조정에 먼저 보급하는 게 좋을 거 같습니다."

"왜 그렇게 생각을 하느냐?"

원자가 또박또박 설명했다.

"그래야 아바마마의 은덕을 조야가 칭송할 테니까요."

국왕이 놀라 다시 질문했다.

"이 물건을 원자 네가 아닌 아비의 이름으로 나눠 주자는 말이더냐?"

"그렇사옵니다."

원자의 설명이 이어졌다.

"연필은 작업 과정도 간단하고 실제 들어가는 원가도 많지 않사옵니다. 그러나 지금의 휴대용 필기구보다는 더없이 편한 물건이에요. 반면에 자동연필은 작업하는 과정도 많고, 원료가 비싸 원가가 비쌉니다. 그래도 실제 사용하는 가치에 비해서는 원가가 크다고 할 수는 없습니다."

국왕이 두 물건을 들어 보며 고개를 끄덕였다.

"네 말이 맞겠구나. 개발하는 게 어렵지, 만드는 건 크게 어렵지 않겠어."

이러던 국왕이 슬쩍 문제를 냈다.

"원자가 보기에 조정에 보급하면 어떤 도움이 될 거 같으냐?"

"우선은 휴대가 간단해 업무를 보기 쉬울 것입니다."

"그리고?"

"학문 연구에도 큰 도움이 될 것입니다. 특히 규장각의 각 신과 초계문신들에게는 그 쓰임이 남다를 거 같아요."

이어서 필기구의 쓰임에 대해 몇 가지를 설명했다. 처음에는 원자의 생각을 들어 보려던 국왕도 생각지도 않은 쓰임새에 놀랐다.

"필기구의 쓰임새가 그렇게 많을 줄 몰랐구나."

"대량생산을 하게 되면 일반 백성들의 실생활에도 큰 도움이 될 것입니다."

국왕이 적극 동조했다.

"원자의 말이 옳다. 만들기 쉬우면 가격도 비싸지 않아도 될 터이니 누구라도 애용할 수 있겠어. 더불어 학문 증진에도 큰 도움이 되고."

"그렇사옵니다."

국왕이 상선에게 지시했다.

"상선은 김 내관과 상의해 이 물건을 만드는 데 필요한 자금을 후히 내려 주어라."

"내탕고에서 지급하면 되옵니까?"

"그렇다."

"명심하겠사옵니다."

국왕은 따뜻한 눈길로 원자를 바라봤다.

"아비는 네가 변화한 게 놀랍구나. 그런데 그 변화가 좋은 쪽이어서 더없이 기쁘다."

"앞으로 아바마마께 걱정을 끼쳐 드리지 않도록 노력하겠사옵니다."

국왕이 파안대소했다.

"하하하! 이거 참. 갑자기 너무 훌쩍 커 버린 거 같아서 아비가 당황스럽구나."

원자가 얼굴을 붉혔다.

원자는 자신이 말을 너무 많이 한 거 같아 걱정했다. 그런데 국왕은 자신의 말에 원자가 다시 위축될 거 같아 황급히 손을 내저었다.

"그렇다고 나무라는 게 아니니 기가 죽을 필요 없다. 아니 앞으로도 지금처럼 매사에 당당하게 나서도록 해라."

"예, 아바마마."

"흐음!"

뭔가를 생각한 국왕이 확인했다.

"보모상궁, 원자가 이렇듯 달라졌으니 스승을 붙여 주어야겠다. 보모상궁은 어떻게 생각하느냐?"

보모상궁이 바로 몸을 숙였다.

"이전이었다면 모르지만, 지금은 충분히 감당하실 수 있을 것이옵니다."

원자가 조심스럽게 의견을 냈다.

"아바마마, 청이 하나 있사옵니다."

"오! 말해 보아라."

"소자는 아바마마의 통치 사상을 본받고 싶사옵니다. 그래서 기왕이면 거기에 맞는 분을 스승님으로 모셨으면 하옵니다."

국왕의 안색이 굳어졌다.

"원자는 아비가 무슨 사상을 갖고 있다고 생각하느냐?"

"소자는 아바마마께서 나라를 개혁하기 위해 노심초사하시는 것으로 알고 있사옵니다. 그래서 기왕이면 스승님이 개혁 성향의 학자였으면 좋겠사옵니다."

원자의 대답에 국왕이 놀랐다.

"허허허! 그래?"

원자가 고개를 숙였다.

"소자가 아바마마께 주제넘은 말씀을 드린 거 같아 송구하옵니다."

국왕이 고개를 저었다.

"아니다. 아비는 본래 학식이 높은 분을 모시려고만 했다. 그런데 네 말을 듣고 보니 잘못 생각하고 있었구나. 학문은 처음이 가장 중요하다는 걸 간과하고 있었어."

"망극하옵니다."

국왕이 원자를 따듯하게 바라봤다.

"오늘 아비는 원자 때문에 몇 번이나 놀랐는지 모르겠구나. 새로운 물건을 만든 것도 놀라운데, 학문을 대하는 태도

또한 예사롭지 않아서 좋구나."

"황감하옵니다."

"아니다. 네 바람은 잘 알았으니, 아비가 충분히 심사숙고해서 좋은 스승을 모시도록 하마."

"소자는 그동안 김 내관과 하던 공부를 계속하겠사옵니다."

"오냐. 그러도록 해라."

국왕이 이어서 원자에게 덕담을 해 주었다. 그러면서 앞으로 주의할 사항도 잊지 않았다.

❋

그렇게 원자를 만난 국왕은 동궁을 나왔다.

그리고 뭔가를 생각하느라 한동안 말없이 선정전으로 내려갔다. 그러던 국왕이 커다란 소나무 밑에서 걸음을 멈추었다.

"상선."

"예, 전하."

"과인은 오늘 너무 놀랐다. 오늘의 원자는 이전에 내가 알던 원자가 아니었어. 이건 마치 다섯 살의 어린아이가 아니라 수십 년 세상을 산 사람과 대화를 한 거 같은 느낌이다."

상선도 놀라긴 마찬가지였다.

"소인도 너무도 바뀐 원자 아기씨의 성정에 크게 놀랐사옵니다."

개혁군주

국왕이 불안해했다.

"이게 나쁜 징조는 아니겠지?"

상선이 펄쩍 뛰었다.

"별말씀을 다 하십니다. 유약한 게 문제지, 저토록 대범한 게 어떻게 문제가 되겠사옵니까?"

"과인도 그렇게 생각은 한다. 그런데 너무 갑작스럽게 바뀐 모습이 솔직히 불안하구나. 이러다 다시 이전처럼 돌아가는 건 아닐까? 아니면 너무 머리를 많이 써서 문제가 되는 건 아닐까 걱정이다."

말을 하던 국왕의 목소리가 끝내 떨렸다.

그런 국왕을 상선이 급히 다독였다.

"전하! 고정하시옵소서. 원자 아기씨께서 잘못될 일은 결코 없을 것이옵니다."

국왕이 고개를 저었다.

"아니다. 그토록 영특하고 명민했던 문효도 갑자기 갔어. 그래서 과인은 또 잘못될 거 같아서 걱정이다."

"전하! 잠시 지켜보시옵소서. 시간이 지나면 일과성인지, 아니면 정녕 근본이 바뀐 것인지 파악될 것이옵니다."

잠시 울컥했던 국왕이 마음을 가라앉혔다. 그러고는 상선의 말에 동조했다.

"상선 말이 옳다. 아직은 일희일비할 필요는 없겠지. 스승도 당분간은 정해 주지 말고 잠시 지켜보는 게 좋겠어."

"그리하시옵소서."

"그리고 상선."

"예, 전하."

"만사 불여튼튼이라고 했다. 원자가 바뀐 게 자의가 아닐 수가 있다. 혹시 원자 주변에 불손한 무리가 그렇게 만들었을 수도 있음이야."

상선이 몸을 숙였다.

"내시부의 감찰 인원을 풀어 철저하게 동궁 주변을 조사하겠습니다."

국왕이 주의를 당부했다.

"절대 소문이 나서는 안 된다. 특히 왕대비전의 움직임도 빠짐없이 살피도록 해."

"걱정하는 일이 없도록 하겠습니다."

국왕이 소나무를 올려다봤다. 이러던 국왕이 갑자기 작게 웃음을 터트렸다.

"후후후! 그런데 참으로 놀랍구나."

"원자 아기씨의 변화 말씀입니까?"

"그것도 당연히 놀랍기는 하지. 허나 과인은 원자가 두 물건이 다 만들어질 때까지 기다렸다는 사실이 너무도 신기하다."

상선이 그제야 탄성을 터트렸다.

"아! 말씀을 듣고 보니 알겠사옵니다. 원자 아기씨께서는 전하께 보여 드리기 위해, 일부러 물건이 만들어질 때까지

기다리셨습니다."

"그렇다. 어린 원자가 때를 기다린 거다. 도면이 아닌 실물을 보여 주어야 과인의 놀라움이 배가될 터이니 말이야."

"효과가 극대화될 때를 기다리셨던 거로군요."

"그렇지. 그래서 놀랍다는 게다."

상선이 놀라워했다.

"대단한 일이옵니다. 처음부터 원자 아기씨께서 그런 생각을 하셨다면 정말 놀랍습니다. 정황을 따져보면 다섯 살의 원자 아기씨께서 협상을 준비하셨다는 의미가 아닙니까?"

국왕도 감탄했다.

"바로 그거야! 다섯 살에 불과한 원자다. 그것도 지금까지 유약해서 늘 마음이 쓰였던 원자가 과인과 협상을 준비했다니 보고도 믿기지가 않아."

상선의 목소리가 낮아졌다.

"전하, 원자 아기씨의 스승을 선정하는 문제도 신중해야겠습니다."

국왕이 고개를 끄덕였다.

"옳은 지적이다. 스승을 잘못 지정했다간 막 피어오르려는 원자의 총기가 흐려질 수 있겠어."

국왕의 말에 상선이 말없이 고개를 끄덕였다.

잠시 하늘을 올려다보던 국왕이 기꺼워했다.

"과인이 원자로 인해 이런 걱정을 할 날이 오다니. 오늘 꿈을 꾸는 기분이로다. 허허허! 상선."

"예, 전하."

"이런 날 어찌 술 한 잔 마시지 않을 수 있겠느냐?"

"후원에다 자리를 보면 되겠사옵니까?"

"아니야. 후원까지 가려면 너무 일이 커진다. 그러니 성정각의 희우루(喜雨樓)로 가자."

국왕이 누각에 오르고 얼마 지나지 않아 주안상이 차려졌다. 이날 국왕은 모처럼 정사의 시름을 잊고 밤늦게까지 술을 마셨다.

자강불식

이날 이후.

국왕은 수시로 동궁을 찾았다. 그리고 원자의 학문을 점검하거나 직접 가르치기도 했다.

이럴 때는 원자의 요청으로 주변에 사람이 없게 했다. 그래서 원자가 강의를 들을 때는 상선과 김 내관, 그리고 보모 상궁만이 함께했다.

원자를 가르치면서 국왕은 크게 놀랐다.

원자의 학습 능력은 대단해서 물을 빨아들이는 솜 같았다. 덕분에 국왕의 관심은 더 지극해졌으며, 원자의 학문은 짧은 시간에 일취월장했다.

학문만이 아니었다.

국왕은 원자와 다양한 대화를 나누었다. 본래는 원자의 경륜을 쌓게 해 주려고 시작된 일이었다.

그러나 대화를 할수록 국왕은 놀라지 않을 수 없었다.

유학에 대한 원자의 지식은 분명 얕다.

그러나 다른 지식은 놀랄 정도로 넓고도 깊었다. 그뿐이 아니라 대화가 깊어지면 국왕이 알지 못하는 지식도 간혹 튀어나왔다.

다른 사람이었다면 유학에 어긋난다면서 호통을 쳤을 발언도 했다. 그러나 다섯 살 원자의 발언이었기에 자신도 모르게 이해하려 했다.

원자도 결코 한계를 넘지 않았다.

그래서 국왕은 원자의 발언에 놀라기도 하며 종종 매료되기도 했다. 이럴 때는 오히려 가르침이 아니라 배움이 훨씬 더 많았다.

국왕은 궁금했다.

원자가 어디서 그와 같은 지식을 얻었는지 당장 추궁하고 싶었다. 그러나 그렇게 하지 못했다. 잘못 추궁하다 다시 이전으로 돌아갈 수도 있다는 불안감 때문에 궁금증을 꾹꾹 눌러 참았다.

원자는 나름대로 조심하며 대화했다.

그래도 경전 가르침으로 시작된 대화가 길어지다 보면 절로 깊이가 더해 갔다. 원자는 전생의 지식도 곁들이며 국왕에게 조금이라도 도움을 주고 싶었다.

이렇게 전수된 지식이 국왕의 국정 수행에 얼마나 도움이 되는지는 모른다. 그러나 원자의 학문적 지식이 쌓여 가는 만큼, 국왕에게 나름의 도움이 되고 있는 건 분명했다.

❀

한 달여의 시간이 지났다.

국왕은 수시로 희우루가 붙어 있는 성정각을 애용했다. 그런 성정각의 방 안에는 여느 날과 달리 몇 개의 나무 상자가 쌓여 있었다.

국왕이 지시했다.

"상자를 열어 보도록 하라."

상선이 조심스럽게 상자를 개봉했다. 상자에는 장인들이 만든 연필과 자동연필이 가득 들어 있었다.

상선이 숫자를 보고했다.

"연필은 이천 자루이고 자동연필은 이백 자루라고 하옵니다."

"불과 한 달여인데, 생산된 물량이 의외로 많구나."

"그게 다 원자 아기씨가 제안한 분업 때문이라고 하옵니다."

"허허! 그래?"

"연필도 그렇지만 자동연필은 분업했을 때의 능률이 열 배이상 증대되었다고 합니다. 그래서 인력 충원과 재료 준비

때문에 보름여를 지체했음에도 이백 자루를 만들 수 있었사
옵니다."

"분업의 효과를 톡톡히 보았다는 말이구나."

"그러하옵니다. 분업을 다른 작업에도 적용하면 의외로
좋은 효과를 볼 듯하옵니다."

"흐음! 그 문제는 원자와 상의해 봐야겠구나."

이 말을 하던 국왕은 흠칫했다. 그러다 어이없다는 표정으
로 너털웃음을 터트렸다.

"허허허! 과인이 지금 무슨 말을 하는지 모르겠구나. 아무
리 원자가 제안한 거라고 해도 그렇지. 과인이 다섯 살의 아
이와 상의하려 하다니."

상선이 조심스럽게 의견을 냈다.

"너무 나쁘게 생각하지 마시옵소서. 지난 한 달간의 원자
아기씨를 보면 소인도 그래야겠다는 생각이 먼저 드옵니다."

국왕이 걱정했다.

"으음! 원자의 변화가 나쁘지는 않은데 너무 빨라. 그런
빠름을 좋다고 해야 할지. 아니면 너무 조숙하니 속도를 조
절해야 할지 모르겠구나."

"너무 성려하지 마시옵소서. 전하께옵서도 걸음을 걷기도
전에 책을 드셨지 않사옵니까? 그런 전하의 뒤를 이으신 원
자이십니다. 당연히 축하하고 기뻐할 일이옵니다."

국왕은 잠시 어린 시절을 떠올렸다. 그러면서 고개를 끄덕

개혁군주

이던 기억은 어디에서 멈춰졌다.

'임오화변(壬午禍變)'.

으득!

그때만 떠올리면 절로 이가 갈리며 몸이 떨리고 주먹에 힘이 들어간다.

상선은 국왕이 무엇을 기억해 냈는지 어렵지 않게 짐작했다.

"전하! 고정하시옵소서. 지금은 원자 아기씨의 영특함을 논하고 있었사옵니다."

국왕은 이내 신색을 바로 했다.

"과인이 잠시 마음이 흐트러졌구나. 그건 그렇고 원자의 주변은 어떠하더냐?"

"조금도 문제가 없었사옵니다."

"그래?"

"그동안 동궁과 동궁을 드나드는 자들까지 철저하게 조사를 했습니다. 그러나 문제가 될 사안은 조금도 발견되지 않았사옵니다."

"그렇다면 원자 스스로 깨쳤다는 말인데……."

국왕이 말을 잇지 못했다.

원자의 변화는 너무도 극적이고 전격적이었다. 그런 변화가 혼자의 힘으로 이뤄졌다는 게 도무지 믿을 수가 없었다.

국왕은 찜찜한 기분을 쉽게 털어 내지 못했다. 이때, 상선이 조심스럽게 말을 이었다.

"그보다 왕대비전의 동태가 포착되었사옵니다."

국왕이 바짝 긴장했다.

"무엇이 발견되었지?"

"왕대비전의 상궁들이 수시로 동궁의 상궁 나인들과 접촉을 했습니다. 그러면서 동궁의 변화를 낱낱이 파악해 가고 있었사옵니다."

국왕이 한숨을 내쉬었다.

"후! 이제 그만해도 될 때가 되었는데, 그분의 권력욕은 도무지 식을 줄 모르는구나. 동생을 강화로 쫓아내었으면 되었지. 원자의 뒤는 왜 또 조사하시는 거야?"

"……송구하오나 원자 아기씨 주변을 더 세심히 정리해야 할 듯하옵니다."

"알았다. 그 문제는 중전과 논의해 보겠다."

"불미한 보고를 드려서 송구하옵니다."

국왕이 손을 들었다.

"그만하라. 그게 상선의 잘못은 아니지 않느냐."

국왕의 시선이 상자로 돌아갔다.

"이 연필과 자동연필을 조정에 나눠 주면 어떤 반응을 보일까?"

"세상에 처음 보는 기물이고 필기구입니다. 분명 큰 반향을 불러일으킬 것이옵니다."

개혁군주

"그렇겠지? 그런데 원자가 자신을 내세우지 않으려 하는 생각이 놀라워. 보통 아이라면 일부러라도 자랑하고 싶어 할 터인데 말이야."

"그러게 말입니다. 소인이 봤을 때 전하께만 자신을 드러내시려는 것처럼 보였사옵니다."

"과인에게만 드러낸다? 그럴 수도 있겠지. 허나 어차피 소문나게 된다는 이치를 왜 몰라."

상선도 웃으며 거들었다.

"맞습니다. 이런 일은 숨긴다고 해서 숨겨지는 게 아닌 걸 원자께서 아직은 모르고 계시옵니다."

"그렇지. 이 작은 필기구들이 얼마나 획기적인 물건인지 몰라서 그런 말을 한 거겠지."

국왕은 원자를 떠올리자 웃음이 절로 나왔다.

"허허허! 이런 기분이 얼마 만인지 모르겠구나."

"무슨 좋은 생각을 하신 것이옵니까?"

"원자를 생각하니 절로 웃음이 나와."

상선도 환하게 웃으며 몸을 숙였다.

"모두가 전하의 홍복이옵니다. 전하께서 그동안 노심초사하셨음을 하늘이 알아주셨사옵니다."

"허허허! 그런 거 같아. 요즘은 과인도 그런 생각을 자주 하고는 해."

이런 말을 하는 국왕의 용안이 환하게 피었다. 그런 국왕을 바라보는 상선과 대전 내관들의 얼굴에도 웃음이 한가득했다.

다음 날이 되었다.

조선은 매일 국왕이 신하를 접견한다. 우선은 1년에 두 번 열리는 조회도 있고, 5일에 한 번 열리는 조회가 있다.

매일 열리는 조회도 있는데, 이를 상참(常參)이라 부른다. 상참은 약식조회로 전·현직 대신들과 현안 부서 참상관 이상이 편전에서 국왕을 배알한다.

이날 상참도 여느 날과 같이 각종 현안이 논의되었다.

현안 논의가 끝난 직후 국왕이 손짓을 했다. 상선이 상자를 가져오게 했다.

편전에 물건이 들어오는 경우는 거의 없다. 상참에 참여한 신하들이 술렁이며 어리둥절해했다.

"상자를 열라."

상자가 열리자 국왕이 지시했다.

"당상관 이상에게는 자동연필 두 자루와 연필심 한 통, 그리고 연필 열 자루씩을 분배하라. 당하관과 참상관은 자동연필 한 자루와 연필 열 자루씩을 분배하라. 그리고 고생하는 사관들도 참상관과 동일하게 분배토록 하라."

내관들이 상자에 들어 있는 연필을 나눠 주느라 잠시 부산했다. 그렇게 인원수대로 분배되었고, 그것을 받아 든 사람들이 술렁였다.

국왕이 지시했다.

"상선은 어떻게 사용하는지 그 방법을 설명하라."

"예, 전하."

상선이 용상 옆에 섰다. 그리고 먼저 연필을 들어 설명했다.

"이 물건의 이름은 연필이라고 합니다. 용도는 필기구로……."

상선은 설명과 깎는 방법을 보여 주었다. 그리고 종이에다 직접 글씨까지 써 보였다.

영의정 홍낙성(洪樂性)이 탄성을 터트렸다.

홍낙성은 유명한 벌열 가문인 풍산 홍문 출신으로 국왕의 모후인 혜경궁의 6촌 형제다. 이럼에도 성품이 청렴하고 강직해 그의 집을 드나드는 사람이 없을 정도였다.

"오! 오! 놀라운 일이옵니다. 이런 필기구가 있었을 줄 몰랐습니다."

우의정 채제공(蔡濟恭)도 가세했다.

채제공은 기호남인의 영수다.

채제공은 사도세자와 인연이 많았다.

처음에는 채제공이 곤란할 때 사도세자가 적극 나서서 도움을 주었다. 그러다 사도세자를 폐위하려 하자 채제공이 목숨을 걸고 막아 이를 철회시켰다.

그러나 사도세자의 사사만은 막지 못했다.

채제공이 모친상을 당해 관직에서 물러났을 때 사도세자가 폐위되고 사사되었다. 이어서 부친상까지 당하면서 한동안 복귀하지 못했다.

선왕은 세손에게 채제공을 이렇게 평했다.

"채제공은 진실로 나의 사심 없는 신하이고 너의 충신이다."

그러면서 세손의 스승으로 인연을 맺어 주었다.

채제공은 이후 철저하게 국왕의 후견 역할을 자임했다. 국왕의 즉위 초 사도세자를 공격하고 모해했던 세력을 모조리 척결하는 데 앞장섰다.

그러면서 사도세자의 복권을 주창했다. 그러나 이 주장은 김종수를 위시한 노론 세력의 격렬한 반대에 부딪혀 실패하고 만다.

이런 채제공을 노론들은 온 당력을 기울여 제거하려 했다. 그 바람에 한때는 7년간 은거하기도 했으나, 국왕이 전격적으로 우의정에 등용하면서 화려하게 복귀하게 된다.

이후로도 채제공은 철저하게 국왕의 후견을 자임하고 있었다.

"신도 이런 필기구는 처음 보옵니다."

두 사람뿐이 아니다. 중신들은 하나같이 술렁였다.

이들은 빨리 가서 연필을 직접 사용해 보고 싶다는 생각에 마음이 바빴다.

그런 모습을 바라보던 국왕이 손을 들었다.

그 순간 편전이 조용해졌다.

"상선은 자동연필도 사용법을 설명하라."

인사를 한 상선이 자동연필을 들었다.

"이 물건의 이름은 자동연필입니다. 그 사용 방법은 먼저 뚜껑을 엽니다. 그리고 뒤편을 오른쪽으로 살살 돌리면 이렇게 심이 나옵니다. 그러고 나서 바로 사용하면 됩니다."

이전보다 더 크게 술렁였다.

영의정 홍낙성이 자신에게 배정된 자동연필을 돌리며 확인했다.

"상선! 그냥 이렇게 돌려서 사용하면 되는 건가?"

"그러하옵니다. 그래서 자동연필이란 이름이 붙은 겁니다. 설명해 드린 대로 너무 눌러 쓰시면 심이 부러지니 그것만 조심하면 되옵니다."

홍낙성도 휴대용 필기구를 갖고 다녔다.

그가 품속에서 수첩을 꺼냈다. 그리고 수첩에다 자동연필로 글을 써 보고서 탄성을 터트렸다.

"참으로 놀랍구나. 이 자동연필만 있으면 붓과 먹통을 가지고 다니지 않아도 되겠어."

상선이 동조했다.

"영상대감의 말씀이 맞사옵니다. 이 연필과 자동연필은 휴대용 필기구를 대체하기 위해서 개발되었습니다. 앞으로

는 연필이나 자동연필만 소지하면 언제 어디서라도 필기가
가능합니다."

곳곳에서 탄성이 터졌다.

이때 누군가 궁금해했다.

"이렇게 기발한 필기구는 이전에는 본 적이 없소이다. 혹
시 청국에서 들여온 물건이오?"

상선이 고개를 저었다.

"아닙니다. 이 물건은 원자 아기씨께서 규장각 각신들이
패용한 필기구를 보고 발명하신 물건입니다."

편전이 크게 술렁였다.

좌의정 유언호(俞彦鎬)가 놀라 반문했다.

유언호도 유명한 당파 주의자다. 선왕 시절 노론당색을 옹
호하다 한동안 관직이 삭탈되었을 정도다.

"정녕 원자 아기씨께서 만든 게 맞단 말인가?"

상선이 단호하게 대답했다.

"편전에서 어찌 희언(戱言)을 말할 수 있겠사옵니까? 이 물
건은 원자 아기씨께서 몇 개월 동안 고심해서 만든 것이 분
명하옵니다."

다시 편전이 크게 술렁였다.

유언호가 감탄했다.

"대단한 일이로다! 이제 겨우 연치 다섯인 원자시다. 그런
원자께서 이런 기물을 만들어 내다니, 정녕 보고도 믿을 수

가 없구나."

곳곳에서 동조하는 목소리가 나왔다.

잠시 그런 모습을 지켜보던 국왕의 손을 들었다.

그 순간 편전이 조용해졌다.

"상선의 말대로요. 과인도 처음 연필과 자동연필을 보고서 믿기지 않았소. 그래서 지난 한 달여를 사람을 풀어 동궁 주변을 샅샅이 조사하기까지 했었소이다."

채제공이 급히 나섰다.

"그래서 뭔가 발견한 것이 있었사옵니까?"

국왕이 고개를 저었다.

"아무것도 없었소이다. 과인은 그래서 지난 한 달여 동안 수시로 원자를 찾아가 이것저것을 확인했소이다. 그러면서 놀라운 점을 발견했소이다."

"그게 무엇입니까?"

국왕이 밝은 목소리로 설명했다.

"원자는 이미 《천자문》은 물론이고 《동몽선습》과 《사자소학》, 《명심보감》을 모두 통달하고 있었소이다."

대신들이 크게 놀랐다. 그런 놀라움은 조금 전과는 비교할 수 없을 만큼 컸다.

채제공은 목소리까지 떨었다.

"정녕 원자 아기씨께서 그 모든 책을 독학했단 말씀이옵니까?"

늘 아쉬웠던 아들이었다. 그런데 이제는 자랑거리가 되었으니 국왕의 목소리가 절로 높아졌다.

"그렇소이다. 과인도 처음에는 설마 했소이다. 헌데 원자와 대화를 나누다 보니 점입가경이어서 보고도 믿지 못했소이다."

국왕이 원자와의 일을 설명했다.

"……참으로 놀라웠소. 아니 경악했다는 말이 더 어울리겠지요. 그래서 과인은 몇 번이고 원자의 학문을 확인했소이다. 그러다 더 놀라운 일을 알게 되었소이다."

모든 대신이 궁금해했다.

"그게 무엇이옵니까?"

"며칠 전, 과인이 혹시나 하는 심정으로 논어를 가르쳐 보았었지요."

논어라는 말에 편전이 다시 술렁였다. 체제공이 몸까지 앞으로 기울여 가며 적극 나섰다.

"그래서 어떻게 되었사옵니까?"

"학이(學而)편을 단 하루 만에 독파하더군요."

좌의정 유언오가 들고 있던 연필을 떨어트렸다. 그가 말까지 더듬어 가며 확인했다.

"저, 정말 학이편을 하루 만에 독파하신 게 사실이옵니까?"

국왕의 말을 이유 없이 반문하는 건 무례다. 그런 무례를 저지르면 국왕을 기망한 죄로 자칫 큰 벌을 받을 수 있다.

유언호도 그 점을 모르지 않았다.

그럼에도 말을 반문할 정도로 크게 놀랐다. 편전의 대신들도 모두 놀라 이런 유언호의 잘못을 지적조차 못 했다.

국왕도 마찬가지였다.

"그렇소이다. 과인도 그 나이 때 하지 못한 일을 우리 원자가 해내었소이다."

"아! 아! 참으로 대단하옵니다."

군사(君師)를 자임하는 국왕이다. 그런 국왕이 친히 확인했다는 말에 편전의 대신들은 몇 번이고 탄성을 터트렸다.

일종의 아들 자랑이었다. 팔불출로 치부되어 웬만해서는 하지 않을 행동이었다.

그러나 국왕은 거침이 없었다. 그만큼 아들의 변화가 기꺼웠다. 이러면서 그동안의 아쉬움을 훌훌 날려 버렸다.

영의정 홍낙성이 나섰다.

"전하! 원자 아기씨께서 그토록 명민하시다면 세자 책봉을 서둘러야 하지 않겠사옵니까?"

다른 대신들도 여기에 적극 동조했다.

국왕이 고개를 저었다.

"아직은 아니오. 원자는 이제 막 세상을 바로 보기 시작했소이다. 그런 원자에게 막중한 책무를 지게 할 수는 없소이다. 당분간은 과인이 직접 원자를 보살피며 지켜보겠소이다."

이 말에 누구도 이의를 제기하지 않았다. 조정의 대소 신료들은 국왕이 얼마나 후사에 대해 노심초사해 왔는지 잘 알고 있었다.

아직은 원자여서 세자시강원(世子侍講院)을 설치하지 않아도 된다. 그렇다고 해서 언제까지 지금처럼 원자로 놔둘 수는 없었다.

홍낙성이 다시 나섰다.

"전하께서 친히 보살피신다면 원자 아기씨에게도 큰 홍복이 될 것이옵니다. 허나 원자 아기씨를 언제까지 그대로 둘수는 없지 않겠사옵니까?"

국왕도 동조했다.

"영상의 말씀이 맞소이다. 과인도 원자를 오래 가르칠 생각은 없어요. 허나 원자는 지금이 폭발적으로 성장하는 시기란 점이 문제요. 여러분들도 간난신고(艱難辛苦)를 이겨 낸 시절이 있었으니, 원자의 지금 시기가 얼마나 중요한지 잘 아실 거요."

국왕이 말을 끊고 편전을 둘러봤다. 모든 대신이 하나같이 고개를 끄덕였다.

"그래서 당분간은 원자의 학문이 자리를 잡을 때까지 과인이 직접 보살필 생각이오."

채제공이 걱정했다.

"전하의 말씀 백번 지당하십니다. 허나 만기를 친람하시는 전하께서 원자 아기씨의 학문까지 맡으시면 건강을 해치실까 저어되옵니다."

개혁군주

국왕이 크게 웃었다.

"하하하! 조금도 힘들지가 않아요. 과인은 원자를 가르치다 얻는 게 오히려 많소이다."

이러면서 원자에게서 얻는 영감이나 지식을 설명했다.

이런 말을 들은 대신들은 스승이 가르치면서 얻는 경험과 지식으로만 알아들었다. 군신이 같은 말을 다르게 해석한 것이다.

그러나 국왕이 원자를 가르치는 일은 모두 동의했다.

원자에 관한 내용은 순식간에 번져 나갔다. 이때부터 대궐의 모든 이목이 동궁으로 쏟아졌다.

동궁의 출입은 제한되어 있다. 이런저런 사람이 드나들면서 무슨 사고를 칠지 모르기 때문이다.

그런 동궁에도 편전의 소문이 날아들었다.

김 내관의 보고에 원자는 난감했다.

"아바마마께서 편전에서 그런 말씀을 하셨어?"

"예, 전하께서 그간의 일을 소상히 밝히셨다고 하옵니다. 그 바람에 편전이 몇 번이나 뒤집어졌다고 하옵니다."

원자가 난감해했다.

"하! 이거 참. 나를 빼 달라고 일부러 부탁까지 드렸는데 왜 그러셨지?"

보모상궁이 나섰다.

"주상 전하께서 그렇게 하셨다면 분명 그 이유가 있을 것이옵니다. 그러니 잠시 기다려 보시옵소서."

"어쩔 수 없지. 말이 안 나왔으며 모르지만, 기왕 나온 말을 그냥 주워 담을 수는 없겠지."

원자가 책장을 폈다. 그 모습을 본 내관과 상궁 나인들은 서로를 보며 흐뭇한 표정을 지었다.

※

이날 오후.

국왕이 중희당을 찾았다.

"편전에서의 일은 들었느냐?"

"예, 아바마마."

"아비가 왜 그렇게 했는지 알겠느냐?"

원자가 고개를 저었다.

"솔직히 잘 모르겠사옵니다."

"그랬구나. 아비는 원자가 무탈하게 자라길 바란다. 그래서 이번에 너의 총명함을 아예 공표해 버린 것이다."

"……."

원자가 이해를 못 하는 표정을 지었다.

그 모습을 본 국왕이 웃으며 사정을 설명했다.

"허허! 너는 앞으로도 필기구와 같은 기물을 계속 만들 생각이지?"

개혁군주

"기회가 되면 그리하려고 합니다."

"그래, 아비도 백성들의 생활에 도움이 되는 물건이라면 막을 생각은 없다."

국왕이 이런 말을 하는 자체가 놀라운 일이었다. 그만큼 연필과 자동연필은 획기적이었으며, 조정 중신들의 반향도 놀라웠다.

원자가 내심 크게 기뻐했다. 자신이 의도가 성공했음이 국왕의 말에 고스란히 들어 있기 때문이다.

"아바마마의 배려에 소자 감읍하옵니다."

국왕이 흐뭇해하다 정색을 했다.

"그래서 편전에서 공표를 한 것이다. 지금이야 사람들이 몰라서 그냥 넘어갔지만, 앞으로도 숨어서 물건을 만들 수 있다고 생각하지는 않았겠지?"

"……쉽지 않을 거 같사옵니다."

국왕이 고개를 저었다.

"아니다. 쉽지 않은 게 아니라 불가능하다. 아비가 공표하지 않았다 해도 필기구를 네가 만들었다는 사실은 불원간 소문이 나게 되어 있다. 그리되면 어떻게 될 거 같으냐?"

원자는 그제야 상황이 만만치 않음을 짐작했다.

"이권이 걸린 일이니만큼, 누군가 소자를 감시할 수도 있겠네요."

"정확히 잘 짚었다. 처음에는 아비도 네 말대로 하려고 했다. 허나 그게 더 좋지 않은 결과를 낳겠다고 판단했다. 생각해 봐라. 만일 네가 남들 모르게 물건을 만든다면 운신의 폭이 얼마나 좁아지겠느냐?"

원자가 고개를 끄덕였다.

"맞사옵니다. 이것저것 조심할 게 한두 가지가 아닐 것이옵니다."

"그렇지. 그리고 너를 이용하려는 사특한 자들이 접근해 올 수도 있다. 그렇지 않으면 악용하거나 위해를 가하려는 자들이 생겨날 수도 있다."

원자는 뒤통수를 얻어맞은 듯했다.

'아! 맞다. 안전을 간과하고 있었구나. 대궐이라고, 나이가 어리다고 결코 안전한 게 아니다.'

국왕도 놀라움을 숨기지 않았다.

"우리 원자가 많이 달라지기는 했구나. 아비의 말을 듣자마자 무엇이 문제인지 바로 알아채니 말이다."

원자가 고개를 숙였다.

"황공하옵니다. 소자가 일을 너무 쉽게만 생각했사옵니다."

"허허! 그게 다 네가 뛰어나서다. 아비는 세손 시절부터 지금까지 공격을 당하며 살아왔다. 사실 그런 공격에 적당히 타협해도 되었다. 그러면 편하게는 살 수가 있었겠지. 그런데 왜 아비가 그렇게 하지 않았는지 아느냐?"

"소자는 잘 모르겠사옵니다."

"제대로 된 나라를 만들기 위해서다. 원자도 논어를 공부하고 있으니 군군신신부부자자(君君臣臣父父子子)를 알고 있겠지."

원자의 대답이 바로 나왔다.

"안연(顏淵)편에 나오며, 공자께서 천하를 유람할 때 제나라 경공(景公)을 만나서 했던 말씀입니다."

"그래, 맞다. 그러면 그 내용은 무엇이더냐?"

"제경공이 공자께 정치가 무엇이냐고 물었습니다. 그때 공자께서는 임금은 임금답고, 신하는 신하답고, 아버지는 아버지답고, 아들은 아들다운 것이라고 하셨습니다."

국왕의 목소리가 높아졌다.

"좋구나. 그 말의 의미가 무엇이냐?"

"모두가 자기 분수를 지켜야 합니다. 저마다 자신의 자리에서 주어진 역할을 충실하면 세상만사가 순조롭다는 의미입니다."

국왕이 크게 웃었다.

"하하하! 아주 잘했다. 아비가 요즘 원자를 보면 세상 시름을 잊게 되는구나."

국왕이 한동안 웃었다.

그런데 원자는 국왕의 웃음이 왠지 짠하다는 느낌이 들었다.

'불쌍하신 분. 측근은 많이 만들었지만 진정으로 같은 길을 함께할 사람은 없나 보구나. 그런 측근들도 아직은 신하에 지나지 않은가 보다.'

이런 생각이 들자 원자는 더 정신을 차렸다. 그래서 일부러 몸을 숙이며 반문했다.

"소자의 풀이가 마음에 드셨사옵니까?"

국왕은 크게 고개를 끄덕였다.

"오냐. 아주 마음에 들었다."

"그러시면 다행이옵니다."

국왕이 정색을 했다.

"아쉽게도 우리 조선은 아직 그렇지 못하다. 아비가 20여 년을 노력했음에도 탐관오리가 횡행하고 정국조차 안정되지 않았다. 그래서 너의 안위를 위해 네 능력을 세상에 공표한 것이다."

원자가 진심으로 고개를 숙였다.

"황감하옵니다. 우리 조선도 공자께서 말씀하신 그런 나라가 빨리 되었으면 좋겠습니다."

국왕이 한숨을 내쉬었다.

"후! 그랬으면 얼마나 좋겠느냐?"

원자가 조심스럽게 의견을 냈다.

"아바마마, 이렇게 하면 어떻겠사옵니까?"

국왕이 바로 관심을 보였다.

"무슨 좋은 생각이 있는 것이냐?"

"소자는 우리 조선의 가장 큰 문제는 부정부패라고 생각합니다. 관리들만 깨끗하다면 나라는 금방 안정될 것이옵니다."

국왕도 인정했다.

"아비도 알고 있다. 허나 부정부패의 뿌리가 워낙 깊어 쉽게 없어지지가 않는구나."

"부패의 고리를 끊는 방법은 딱 하나입니다."

"그게 뭐지?"

"예외를 두지 않는 처벌과 퇴출입니다. 그래야만 부정부패를 근절시킬 수 있사옵니다."

"퇴출까지 시켜라?"

"예, 그렇습니다. 그리고 하후상박의 원칙도 적용해서 철저하게 부당이득을 환수해야 합니다."

"그건 너무 가혹하지 않느냐? 사람은 누구나 실수를 하는 법이다."

원자의 태도가 단호했다.

"그러지 않으면 부패의 고리는 끊어지지가 않습니다. 다른 건 몰라도 부정부패는 탐욕 때문에 발생합니다."

갑자기 국왕이 길게 한숨을 내쉬었다.

"후우! 쉽지 않은 일이구나."

"당파 싸움은 조정을 망칩니다. 그러나 부정부패는 나라를 망치게 됩니다."

"으음!"

"그리고 일당독재는 반드시 부패를 불러옵니다."

국왕이 거듭 침음했다. 지금의 조정은 거의 노론 독주 체제였기 때문이다.

"으음!"

국왕도 원자의 지적을 잘 안다.

그래서 지금까지 많은 노력을 기울여 왔으나, 부정부패는 근절되지 않고 있었다. 그리고 당파에 대해서는 더 말할 것도 없었다.

"약한 처벌이 부정부패를 불러왔다는 말이구나."

"그렇습니다. 지금은 부정부패를 저질러 파직되어도 시간이 지나면 재임용이 됩니다. 이런 처벌이 큰 문제이옵니다. 그리고 구조적인 문제가 부정부패를 방조하게 되기도 합니다."

국왕이 바로 알아들었다.

"아전 문제를 말하는구나."

"그렇사옵니다. 많은 사람들이 아전 때문에 나라가 망한다고 합니다. 그러나 녹봉을 주지도 않으면서 아전 탓만 하지, 근본적인 해결 방안을 제시하는 사람이 없는 것도 현실입니다."

국왕이 씁쓸한 표정을 지었다.

"녹봉도 주지 못하는 이상, 아전 문제를 근본적으로 해결할 방안이 없기는 하다."

"그렇습니다. 그 문제는 차차 해결해 나가면 됩니다. 그전에 조정 관리들의 부정부패부터 척결해야 합니다. 그래야 구태가 일소되고 당파 싸움도 줄일 수가 있사옵니다."

개혁군주

국왕이 씁쓸한 표정을 지었다.

"폐부를 찌르는 지적이구나."

원자는 너무 신랄한 비판을 한 것 같았다. 그래서 두 손을 모으고 몸을 숙였다.

"황공하옵니다. 소자가 너무 주제넘게 말을 했사옵니다."

국왕이 손을 저었다.

"아니다. 문제가 있다는 건 누구도 잘 알고 있다. 그러나 너처럼 문제의 근원을 말하는 이는 아직 없었다."

원자가 핵심을 찔렀다.

"모두가 당사자들이기 때문입니다."

국왕이 너털웃음을 터트렸다.

"허허! 모두가 당사자들이다."

"그러하옵니다."

"……"

국왕이 한동안 고심했다.

원자는 이전부터 하고 싶은 말이었기에 속이 후련했다. 하지만 국왕의 고심이 길어지면서 은근히 걱정이 되었다.

그러던 국왕이 반문했다.

"정녕 강한 처벌을 하면 부정부패가 없어질까?"

원자가 장담했다.

"분명 그렇게 될 것입니다. 재발 방지를 위해 부패 사범은 절대 사면해 주어서는 안 됩니다. 그래야 법의 엄중함을 알고 조심합니다."

국왕이 부정적인 의견을 냈다.

"처벌만이 능사는 아니다. 너무 강한 처벌은 범죄를 오히려 더 심각하게 만들 수 있다."

원자는 주장을 굽히지 않았다.

"그래서 더 강력하게 처벌해야 합니다. 부패를 잘못 다스리면 죄인들은 더 깊이 숨게 됩니다. 그러면서 온갖 기묘한 수단을 만들어 부패를 심화시킵니다. 부패가 심화되면 될수록 국가 기강은 문란해지게 되고요."

"그러다 보면 결국 나라가 절단 나겠지."

원자가 발언이 단호해졌다.

"그렇사옵니다. 그래서 부패는 정도에 따라 반역의 형률로 강력히 다스려야 합니다."

처벌 강도가 점점 높아졌다. 반역이란 말에 국왕은 그만 웃음이 터트리고 말았다.

"허허! 반역의 형률이라."

이날의 대화는 여기서 끝났다.

국왕은 어두운 표정으로 돌아갔다. 그런 국왕을 배웅한 원자는 자리에 앉으며 고심했다.

"괜히 말을 꺼내 아바마마의 근심을 키워 드린 건 아닌지 모르겠구나."

하고 싶은 말을 해서 홀가분하기는 했다. 그럼에도 마음은 어느 때보다 더 복잡했다.

원자가 붓을 가져오게 해서 글을 썼다.

自彊不息(자강불식).

이전 시대 할아버지가 고등학교에 들어간 공보에게 써 줬던 문구다. 공보는 이 네 글자를 평생의 지표로 삼았었다.

그런데 국왕의 무거운 어깨를 보는 순간 이 글이 불현듯 생각났다. 한동안 글씨를 바라보던 원자가 종이를 들어 올렸다.

"김 내관, 이 글을 책장에 올려 보관해 줘."

"예, 마마."

동궁을 나온 국왕은 성정각의 이 층 누각으로 올라갔다. 잠시 후, 시키지도 않았는데 상선이 술상을 봐 왔다.

국왕은 말없이 자작했다.

심정이 복잡했다.

다른 사람도 아닌 아들의 말이어서인지 유난히 가슴에 박혔다. 그런데 그 아들이 불과 다섯 살이고, 몇 달 전만 해도 근심의 대상이었다.

그랬던 아들이 이제는 나라의 우환을 서슴없이 지적할 정도가 되었다. 그뿐이 아니라 강력한 대처 방안까지 제시하며 놀라게 했다.

일리가 있는 방안은 맞다.

그러나 처벌 수위가 상상 이상이어서 역풍을 맞을 가능성이 컸다. 국정은 국왕의 의지만으로 되는 게 아니었다.

이런저런 생각에 국왕은 헛웃음이 나왔다.

"허허! 문제로구나. 원자의 제안대로 처리하자 하면 동의할 사람이 과연 얼마나 될까?"

그랬다.

그렇게 하고 싶어도 쉽게 할 수가 없었다. 지금의 조정에서 부정부패에 초연할 사람은 없다.

왕권 강화에 전적으로 동조하는 남인들조차도 이 일에는 결코 자유로울 수가 없었다. 그래서 국왕의 시름은 깊어졌으며 안타까웠다.

고심하던 국왕이 웃음을 터트렸다.

"허허허! 그나저나 대단하구나."

옆에 서 있던 상선이 허리를 굽혔다.

"무엇이 대단하다는 말씀이옵니까?"

"원자 말이다. 겉으로 봐서는 영락없는 다섯 살짜리 아이다. 그런데 말을 해 보면 산전수전 다 겪은 늙은이야."

상선이 빙그레 웃었다.

"큰 그릇은 늦게 만들어진다고 했사옵니다. 오늘과 같은 날을 위해 이전에는 조금 약해 보였나 보옵니다. 소인이 보기에 원자 아기씨께서는 세상을 바꿀 인재이옵니다."

"정녕 원자가 그런 재목이 될까?"

"믿으시옵소서. 전하께서 믿어 주셔야만 원자 아기씨께서 비상하실 수 있사옵니다."

국왕이 굳은 표정으로 고개를 끄덕였다.

"……."

"전하께서는 군사이십니다. 원자 아기씨께서는 이제부터가 시작입니다. 그런 원자 아기씨를 제대로 이끌어 주실 분은 오직 전하시옵니다."

국왕도 인정했다.

"상선의 말이 맞다. 과인은 그래서 더 조심스럽기도 하구나."

국왕의 잔을 비우며 탄식했다.

"착잡하구나. 원자에게 제대로 된 나라를 물려주고 싶은 심정은 굴뚝같다. 허나 부정부패의 골이 워낙 깊어서, 고치고 싶어도 그게 쉽지가 않구나."

국왕이 자작해서 잔을 비웠다.

"헌데 원자를 보니 기대가 된다. 과연 우리 원자가 어디까지 커 갈 수 있는지 말이다."

상선이 의견을 냈다.

"그런 원자 아기씨를 뒷받침해 주기 위해서는 전하께옵서 언제라도 강성하셔야 하옵니다."

"허허허! 상선의 욕심이 너무 과하다. 사람에 언제까지 강성할 수는 없다."

"전하께옵서 너무 과할 정도로 정사를 많이 보시옵니다.

그 점만 조심하신다면 충분히 만수를 누리실 것이옵니다."

상선의 축원에 국왕은 말없이 잔을 비웠다. 그런 국왕의 용안에서 이전에 없던 결의가 보였다.

이날 전각의 불빛은 늦도록 꺼지지 않았다.

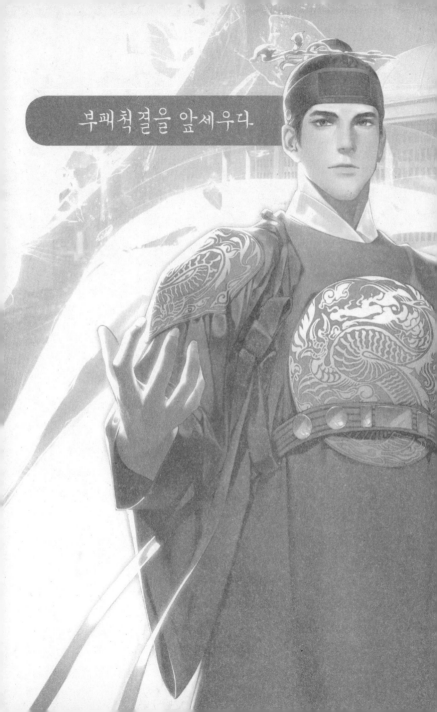

부패척결을 앞세우디

다음 날이 되었다.

국왕은 여느 때보다 일찍 원자를 찾았다.

원자와 내관의 안내를 받아 방으로 들어서던 국왕은 책장에서 시선이 멎었다.

국왕이 글이 써진 종이를 들었다.

"원자가 이 글을 쓴 것이냐?"

"그렇사옵니다."

"흐음! 오늘은 소주합루로 올라가자."

국왕의 지시에 칠분서의 문이 열렸다. 상궁 나인들이 급히 찻상을 들고 먼저 올라갔다.

올라간 상궁 나인이 내려와 몸을 숙였다. 그것을 본 국왕과 원자가 복도로 올라갔다.

잠시 후.

국왕이 의자에 앉으며 종이를 탁자에 올렸다.

"이 글이 무엇인지 아느냐?"

"《역경(易經)》 건괘(乾卦) 상전(象傳)에 나오는 글입니다. 본래는 천행건, 군자이자강불식(天行健, 君子以自彊不息)의 구절인데 소자가 뒤의 넉 자만 옮겨 적었사옵니다."

국왕이 감탄했다.

"호오! 《역경》까지 알고 있었어? 그러면 내용이 무엇인지 아느냐?"

원자의 대답에 거침이 없었다.

"본문은 '하늘의 운행이 굳세니, 군자는 그것을 본받아 스스로 힘쓰고 쉬지 않아야 한다.'입니다. 그중 소자가 쓴 자강불식은 '스스로를 단련해 어떠한 시련이나 위기가 닥쳐도 굴복하거나 흔들리지 않고 최선을 다한다.'라는 의미입니다."

국왕이 크게 웃었다.

"하하하! 놀랍구나. 《주역》은 아직 입문하지도 않았는데, 벌써 인용까지 할 수 있단 말이더냐?"

원자가 몸을 낮췄다.

"《주역》은 평생을 연구해도 다 알지 못한다고 들었사옵니다. 그런 《주역》을 소자가 어찌 안다 하겠사옵니까? 단지 마음에 드는 글귀여서 한번 써 봤을 뿐입니다."

"그렇다. 《주역》은 달리 위편삼절(韋編三絶)이라고도 한다.
공자께서도 《주역》을 연구하시면서 죽간을 엮은 가죽 끈을
세 번이나 갈아 끼우셨을 정도다. 그만큼 《주역》은 내용이
심오하고 깊이가 있는 경전이란 말이지."

"소자, 명심하여 몸가짐부터 바로 해서 익히겠사옵니다."

국왕이 흡족해했다.

"좋은 자세다. 《주역》을 연구하다 보면 천지간의 이치도
어느 정도는 알 수가 있다. 허나 이는 경전을 공부하면서 얻
어지는 부수적인 일이니만큼, 절대 거기에 연연해서는 아니
된다."

"명심하겠사옵니다."

국왕이 자강불식의 글을 보며 한동안 고개를 끄덕였다. 그
러다 원자를 바라봤다.

"어제 네가 한 말을 밤새 곰곰이 생각했다. 헌데 아무리
생각해도 조정의 반대를 쉽게 이겨 낼 방안이 없구나."

원자가 바로 동조했다.

"맞습니다. 지금 당장은 조정이 절대 호응하지 않을 것입
니다."

"허어! 그걸 알고 있으면서도 아비에게 그런 제안을 했단
말이더냐?"

원자가 자리에서 일어났다.

원자는 탁자에 올려 있던 과일 접시를 국왕 앞에 가져다 놓았다. 국왕은 호기심 가득한 눈길로 원자의 행동을 지켜봤다.

"아바마마께서 행하고자 하시는 일은 개혁입니다. 개혁은 반드시 기득권의 저항을 이겨 내야 성공할 수 있습니다."

"옳은 말이다. 고통이 따르지 않는 개혁은 없다."

"개혁을 추진하는 방법은 두 가지입니다. 하나는 단칼에 치고 나가는 겁니다. 그런데 이렇게 하기 위해서는 강력한 권력이 필요합니다. 그리고 때에 따라서는 엄청난 피를 봐야 할 수도 있고요."

국왕이 씁쓸해했다.

"우리 조선의 상황으로는 쉽게 추진하기 어려운 방식이다."

원자가 과일을 가리켰다.

"그게 아니라면 큰 덩어리를 잘게 쪼개서 하나씩 먹는 방식을 택하셔야 합니다. 조금 시간이 걸리더라도 한쪽씩 잘라 나가다 보면, 끝내는 전부 잘리게 되옵니다."

국왕이 큰 관심을 보였다.

"그렇게 할 수만 있다면 충격도 완화할 수 있으니 더없이 좋은 방법이지."

원자가 조심스럽게 의견을 냈다.

"먼저 부정부패를 강력하게 처벌하겠다는 법을 제정해야 합니다. 그리고 나서 바로 시행하지 않고 유예기간과 계도기간을 두어야 합니다."

"시간을 주어 적응시키자는 말이구나."

"그렇사옵니다. 그렇게 되면 법이 시행되었을 때 변명의 여지가 없게 되옵니다."

국왕이 크게 고개를 끄덕였다.

"좋은 생각이다. 하지만 거기에는 큰 문제가 있다. 아비가 지방관들의 부정부패를 단속하기 위해 수시로 암행어사를 파견한다. 하지만 그렇게 나간 암행어사들이 정실에 치우치거나 당파 논리에 휘말리면 엉뚱한 사람을 죄인으로 만들기도 한다."

"감독 기관이 확실치 않기 때문에 그런 문제가 발생하는 겁니다."

"감독 기관?"

원자는 이때부터 자신의 생각을 일목요연하게 설명했다.

국왕은 그런 원자의 제안에 놀라고 또 감탄했다.

"놀랍구나. 조정 기구를 개편해 상설 감사기관을 만들자니. 그렇게 만든 기관으로 부정부패를 상시 감사하자는 말이구나."

"그렇사옵니다. 지금의 사헌부와 의금부는 인원이 너무 적습니다. 그리고 독립기관이 아니어서 언제라도 조정 관리들과 결탁할 가능성이 높습니다. 그로 인해 당파 싸움에 휘말리는 경우가 많고요."

국왕이 침음하며 인정했다.

"흐음! 맞는 말이다."

"두 기관은 하는 업무가 비슷합니다. 그런 양사를 통합해 감사원을 설립해서 조정에서 완전히 독립시켜야 합니다."

"조정에서 완전히 독립시키자. 음! 그러면 그 기관을 누가 통제한단 말이냐?"

"아바마마께서 하시면 되지 않겠사옵니까?"

국왕이 멈칫했다.

"과인이 직접?"

"그렇사옵니다. 그래야 감사원의 업무에 조정 대신들이 간섭하지 않게 되옵니다."

"흐음!"

"그리고 지방관의 권한이 너무 큽니다. 군권, 행정권, 사법권까지 장악하는 지방관은 어느 나라에도 없습니다. 그렇게 통제받지 않은 권한을 가진 고을 수령으로 인해 부정부패가 만연해지는 것이옵니다."

국왕의 용안이 어두워졌다.

"아비도 그 점을 모르지 않는다. 국초에도 그래서 지방관의 권한을 분산시키려는 시도가 있었으나, 번번이 조정의 반대로 무산이 되었다."

"그래서 먼저 쉬운 부분부터 정리하면 되옵니다."

"쉬운 부분이라니?"

"우선 재판권부터 회수해야 합니다."

"으음!"

"재판은 민사와 형사로 구분됩니다. 그중 민사 부분은 정실이 개입할 여지가 많아서 부정부패로 연결되기 쉽사옵니다."

"그렇다면 재판관을 양성해야겠구나."

"그러하옵니다. 우선은 삼사의 관리 중에서 형률에 밝은 사람을 선발해 먼저 법원을 만드시옵소서."

국왕의 눈이 커졌다.

"법원이라니? 그러면 새로운 기관을 또 만들라는 말이더냐?"

"예, 그리고 법원을 감사원과 같이 조정과 완전히 분리 독립시켜야 합니다. 그러려면 어떠한 경우에도 인적 교류를 허용해서는 아니 되고요."

국왕이 고개를 끄덕였다.

"인적 교류를 끊으면 감사원과 법원이 완전히 분리되겠구나."

"예, 그리고 신분을 보장해 주어야 공정한 감사와 재판을 할 수가 있사옵니다."

국왕이 잠시 생각을 하다 크게 고개를 끄덕였다.

"충분히 명분이 있는 일이니 추진해 볼 만하다."

"예, 그리고 나서 군권을 회수해야 합니다."

국왕이 대번에 우려했다.

"지방관에게 군권을 회수하면 고을을 다스리는 데 당장 문제가 된다. 그리고 유사시에 지방관의 힘을 빌리지 않으면 병력을 모으기도 힘들어."

"그런 문제를 없애기 위해서는 모든 군사 조직을 일원화하면 됩니다."

국왕이 한숨을 내쉬었다.

"하아! 군권 통합은 아비도 바라는 바다. 허나 왕권 강화를 우려하는 조정이 그걸 받아 주는 건 결코 쉽지 않다."

원자의 설명은 거침이 없었다.

"그래서 하나씩 해야 하옵니다. 가장 먼저 감사원을 설립하시옵소서. 그리고 법원을 설립해 사법권을 독립시켜야 하고요. 그런 바탕 위에서 군권을 분리하면 되옵니다."

"차근차근 만들어 가자는 말이구나."

"그렇사옵니다. 마치 과일을 잘게 잘라먹듯 하나하나 추진해 나가면 되옵니다."

이어서 세부 사항에 대해 차분히 설명했다. 처음에는 군권 분리에 부정적이던 국왕도, 설명이 이어지면서 원자의 제안에 동조하기 시작했다.

그러다 원자가 한마디 했다.

"소자가 올린 개혁 방안은 명나라의 제도를 많이 참조했사옵니다."

국왕이 탁자를 쳤다.

"그렇다. 명나라는 지방을 통치하면서 행정, 군사, 사법을 분리했었다."

"예, 만일 조정의 권신들이 기득권을 내려놓으려 하지 않는다면 명나라의 예를 들면 됩니다. 그러면 명분에서도 절대 밀리지 않을 것이옵니다."

국왕이 너털웃음을 터트렸다.

"허허허! 놀라운 일이로다. 다섯 살의 원자가 정치를 논하다니. 과인은 듣고도 믿을 수가 없구나."

원자가 얼굴을 붉혔다.

국왕은 그런 원자가 부끄러워하는 줄 알았다. 그러나 원자는 자신의 말이 너무 많았던 것을 자책하고 있었다.

'명나라를 끄집어낼 필요까지는 없었는데. 국왕을 설득하려다 보니 말이 너무 많았어.'

이러면서 국왕을 바라봤다.

그런데 국왕은 큰 명분을 얻은 표정이었다. 그 모습을 본 원자는 내심 생각했다.

'그래, 아직은 명나라의 흔적을 일부러 털어 낼 필요는 없어. 당분간은 개혁에 적당히 이용하는 것도 방법이야.'

이후 많은 말이 나왔다.

국왕은 전날과 달리 적극적으로 원자의 의견을 수용했다. 그러다 미진한 있으면 서슴없이 원자에게 질문했다.

이 문제를 가지고 두 사람은 머리를 맞대었다. 그러던 어느 순간부터 국왕은 원자를 한 사람의 대화 상대로 인정하고 있었다.

이러한 변화는 국왕의 열린 자세 덕분이다. 그리고 원자와의 대화가 그 무엇보다 값지다는 걸 국왕 스스로 알게 된 영향도 있었다.

시간이 지날수록 대화는 깊이를 더해 갔다.

원자는 감사원과 법원의 기능과 역할에 대해 누구보다 잘 알고 있었다. 그래서 설명은 간결하고 핵심을 짚었다.

이런 설명을 들으며 국왕은 두 기관의 필요성을 절감했다.

국왕은 천재다. 여기에 전생의 지식으로 무장한 원자와의 조합은 가히 환상이었다. 덕분에 개혁 법안과 세부 내용을 한 달여 만에 완성할 수 있었다.

국왕이 세 권의 책자를 보며 흐뭇해했다. 한 권은 부정부패방지법이었으며, 한 권은 감사원법, 그리고 다른 한 권은 법원설치법이었다.

"원자가 애 많이 썼다."

"소자보다 모든 부분을 직접 정리하며 감수까지 하신 아바마마께서 노고가 많으셨습니다."

국왕도 크게 웃으며 자찬했다.

"허허허! 그 말이 맞다. 우리 모두 노력해서 이렇게 좋은 결과를 탄생하게 했구나."

상선이 몸을 숙였다.

"경하드리옵니다. 세상에 어느 군주의 부자가 이렇듯 아름다운 모습을 보일 수 있겠사옵니까? 소인이 알기로 결단코 없었사옵니다."

국왕이 크게 웃었다.

"하하하! 상선의 말이 맞다. 동서고금을 보더라도 군주 부자가 머리를 맞대고 개혁 법안을 만든 경우는 일찍이 없다."

"오직 두 분이시기에 가능한 일이옵니다."

국왕이 원자를 치켜세웠다.

"아니다. 과인보다 원자가 영특해서 이런 일을 할 수 있었다."

국왕이 따뜻한 시선으로 원자를 바라봤다.

"이대로만 자라 다오. 그러면 아비는 모든 역량을 다 쏟아서 너를 지켜 주고 키워 주마."

원자가 자리에서 일어났다. 그리고 두 손을 모으고서 배꼽 인사를 했다.

"소자, 아바마마께 성려를 끼쳐 드리지 않도록 매사에 최선을 다하겠사옵니다."

국왕의 입에서 너털웃음이 터졌다.

"하하하!"

국왕은 법안을 만드는 동안 원자가 노련하고 원숙하다는 느낌을 받았었다. 그런데 모처럼 원자가 다섯 살로 보여 절로 웃음이 터졌다.

국왕이 흐뭇해하며 일어났다. 누각을 내려와 국왕을 배웅한 원자는 온몸이 오글거렸다.

'아! 이거, 일부러 어린 척한 것도 아닌데 배꼽 인사라니. 몸이 작으니 정중하게 인사를 한다는 게 그렇게 되어 버렸잖아.'

원자가 소름이 돋은 팔을 문질렀다. 그 모습을 본 김 내관이 놀라 황급히 다가왔다.

"원자 아기씨, 어디 미편하신 데라도 있사옵니까?"

원자가 처음으로 버럭 소리쳤다.

"아냐! 괜찮아."

갑작스러운 호통에 김 내관은 당황했다.

원자는 그런 김 내관을 보고는 미안한 마음에 팔을 더 벅벅 긁으며 전각으로 올라갔다.

동궁을 나온 국왕은 후원으로 넘어갔다. 9월의 후원은 조금씩 단풍 옷을 갈아입는 중이었다.

"세월여류(歲月如流)라고 하더니, 벌써 가을이 깊어지고 있구나."

상선이 거들었다.

"그동안 원자 아기씨와 보낸 시간이 많아서 후원 출입이 거의 없으셨습니다. 그래서 계절이 앞서가는 느낌이 드실 것이옵니다."

"맞다. 지난 몇 개월간 원자와 참으로 많은 대화를 나눴었다. 그러다 보니 가을이 이렇게 성큼 다가온 것도 몰랐구나."

그렇게 후원 풍경을 살피며 걸은 국왕이 찾은 곳은 규장각이다. 갑작스러운 국왕의 방문에 규장각 각신들이 놀라 허둥 댔다.

제학 윤시동(尹蓍東)이 급히 몸을 숙였다.

"어서 오십시오, 전하. 미리 통보도 없이 어인 행차시옵니까?"

"급히 처리할 일이 있어서 들렀소."

국왕이 상석에 앉으며 각신들을 둘러봤다.

"모두들 자리에 앉으시오."

각신들이 자리에 앉자 국왕이 손짓했다. 그것을 본 내관이 가져온 책자를 공손이 탁자에 올렸다.

"경들도 근래 들어 부정부패가 만연하고 있다는 사실을 알 고 있을 거요."

각신들의 얼굴이 붉어졌다. 규장각은 이권과는 관계가 없 는 부서여서 그나마 몸을 숙이지는 않았다.

"부정부패는 국가 기강의 해이는 물론, 나라의 안위마저 위태롭게 만드는 중범죄요. 그래서 다양한 방법으로 이를 근 절하려 노력하지만 결코 쉽지 않은 게 현실이오. 그래서 과 인이 고심 끝에 그에 대한 처벌법을 만들었소."

각신들의 시선에 책자로 쏠렸다.

직제학 서정수가 고개를 갸웃했다.

"전하, 그런데 책자가 많은 건 내용이 많아서입니까?"

국왕이 고개를 저었다.

"부정부패를 근절하려면 조정도 일대 쇄신을 해야 하오.

그래서 부서를 통폐합하고 신설했소이다. 두 권의 책자는 그렇게 신설되는 조직에 관한 내용을 정리한 것이오."

윤시동이 크게 놀랐다.

윤시동도 철저한 당파 주의자다. 노론 벽파의 중심인물인 그는 국왕이 자신들과 상의도 없이 법을 만들었다는 사실에 반발부터 했다.

"조정 조직을 개편하는 일은 막중대사이옵니다. 그런 막중대사를 묘당의 논의도 거치지 않고 결정하셨단 말씀이옵니까?"

국왕이 탁자를 쳤다.

탕!

"윤 직각은 말을 삼가라. 과인이 부패 근절을 위해 조정을 개편하겠다는데, 그게 뭐가 문제란 말이더냐?"

국왕의 목소리에 칼이 들어 있었다. 그것을 느낀 윤시동이 주춤했으나 그대로 물러서지 않았다.

"신은 단지 조정 대사는 명분과 절차가 필요하다는 말씀을 드린 것이옵니다."

"과인이 보위에 오르고 조정에 부정부패를 근절하라고 수없이 지시했다. 그런데도 일소는커녕 점점 더 확산되고 있다. 윤 제학은 이런 까닭이 무엇이라고 생각하느냐?"

윤시동이 대답을 못 했다.

"……"

개혁군주

"안 하려고 하지는 않았을 거다. 그럼에도 근절을 못 한 건 제도가 미비하고 구조적인 문제가 있어서다. 그리고 이해 당사자들이 많아서일 거다. 윤 직각은 그렇게 생각하지 않는가?"

윤시동의 얼굴이 붉어졌다.

"이해 당사자라 하심은 조정 중신들을 부정부패자로 보신단 말씀이옵니까?"

국왕이 어이없어 했다.

"허허! 왜 이렇게 과민 반응을 보이는 건가? 혹여 윤 제학이 이해 당사자라도 된단 말이더냐?"

윤시동이 급히 몸을 숙였다.

"천부당만부당이옵니다."

"허면 과인의 말을 왜 그리 곡해하는 거지?"

"그, 그게 아니라……."

국왕이 손을 들어 제지했다.

"그만하라. 과인은 윤 제학과 토론하기 위해 온 게 아니다."

"황공하옵니다."

국왕이 각신들을 둘러봤다.

"그대들은 과인이 초안해 온 세 개의 법을 각기 열 부씩 필사하시오."

직제학 서정수가 확인했다.

"필사만 하면 되옵니까?"

국왕이 고개를 저었다.

"필사만 할 거라면 구태여 규장각까지 올 필요가 없소. 그대들은 필사를 하면서, 과인이 만든 법안에 문제점이 있는 부분을 찾아내도록 하시오."

"알겠사옵니다."

국왕이 주의를 당부했다.

"부패방지법안의 처벌 규정은 아주 엄격하오. 그런 처벌 규정은 일체 손을 대거나 문제를 지적하지 말도록 하시오."

"명심하겠사옵니다."

"이 일은 과인이 조정에 공표하기 전까지 비밀을 지켜야 하오. 그러니 당분간은 규장각에서 숙식을 하도록 하시오."

윤시동의 눈이 커졌다.

"전하! 모두 그리해야 합니까?"

"그렇소. 과인의 말을 듣지 않았으면 모르지만 들은 이상 그렇게 해야 하오. 그러니 윤 제학도 불편하더라도 당분간 궐내에 머물도록 하시오."

윤시동의 얼굴이 와락 일그러졌다.

국왕이 나가면 당장 퇴궐해서 당파를 모아 대책을 논의하려고 생각했다. 그러나 국왕의 명을 거역할 수는 없는 일이었다.

"……예, 전하."

국왕이 다시 경고했다.

"기밀을 반드시 엄수하시오. 필사와 법안 검수를 마칠 때

까지 외부와의 접촉이 차단되니 공연한 문제를 일으키지 마
시오."

"명심하겠사옵니다."

국왕이 일어나 나갔다. 각신들은 이런 국왕을 전각 밖까지
배웅하고서 돌아왔다.

윤시동이 불만을 토로했다.

"어찌 이럴 수가 있나. 아무리 중요한 사안이라도 우리 같
은 중신들을 대궐에 잡아 두다니."

서정수가 다독였다.

"그만큼 사안이 중대하다는 의미 아니겠습니까?"

"아무리 그래도 그렇지요. 조정 중신을 이렇게 잡아 두는
경우는 일찍이 없었소이다."

윤시동이 계속 불만을 토로했다.

그러자 그동안 입을 다물고 있던 김조순이 나섰다.

"그만하시지요, 대감. 어차피 내려진 어명입니다. 이제 와
서 그걸 문제 삼는다면 전하께 누가 됨은 물론 대감께도 좋
지 않사옵니다."

윤시동이 대놓고 불편해했다.

"끄응!"

두 사람은 노론이지만 파벌이 다르다.

윤시동은 철저한 당파 주의자다.

개인의 능력은 뛰어나 선왕에 이어 국왕의 신임을 받고 있

다. 그러나 국사도 당파 논리를 앞세우는 바람에 선왕 시절 10여 년의 귀양살이를 했었다.

그러다 능력을 아까워한 선왕이 재임했으나 여전히 당파가 우선이었다. 그런 그는 심환지(沈煥之), 김종수(金鍾秀)와 함께 노론 벽파의 주축이었다.

김조순은 노론 명문인 안동 김씨 출신이다.

과거에 급제하면서 김조순은 초계문신에 발탁되었다. 이후 국왕의 지극한 관심을 받으며 순탄하게 관직 생활을 이어오고 있었다.

이러다 보니 자연스럽게 시파가 되었다. 시파는 국왕의 정책을 지지하는 세력으로 당파 색이 옅다.

시파는 남인과 소론, 그리고 노론의 온건파들로 구성되었다. 그래서 벽파와는 달리 다른 당파와도 큰 마찰 없이 통교하고 있었다.

국왕은 적극적인 탕평주의자다.

즉위 초부터 남인과 소론도 적극 발탁해 중용하고 있다. 조정 각 부서도 탕평정책의 일환으로 시파와 벽파를 적절히 안배해 왔다.

규장각의 각신들은 네 명의 검서관까지 포함해 봐야 열 명에 불과하다. 이런 규장각에도 국왕은 시파와 벽파를 섞어서 배치했다.

규장각의 각신 중 윤시동과 서정수가 벽파다. 그런데 윤시동과 달리 서정수의 성품은 온건하다.

그런 서정수가 나섰다.

"대감, 우리가 규장각에 머무는 일이 전례에 없는 건 맞습니다. 전하께서도 왜 그걸 모르시겠습니까. 그것을 알면서도 이리 하시는 건 그만큼 강력한 의지의 표현 아니겠습니까. 다른 목적도 아니고 부정부패를 방지하기 위해서이니 그만 노여움을 푸시고 일을 시작하시지요."

윤시동이 당파 주의자지만 개인적인 역량은 뛰어나다. 서정수의 다독임에 그가 바로 사과했다.

"내가 너무 성급했소이다."

서정수가 다시 나섰다.

"자! 이제 법안을 살펴보십시다."

윤시동이 먼저 책자를 펼쳐 들었다.

그러던 윤시동이 크게 놀랐다.

"아니, 무슨 부정부패 사범에 대한 처벌이 이렇게 강력하단 말이오?"

서정수도 침음했다.

"으음! 이건 상상 이상이군요."

"하! 아무리 부정부패가 망국병이라고 해도 그렇지. 이건 처벌이 너무 강하잖아요."

같이 책자를 살펴보던 각신들이 웅성거렸다.

반면에 김조순은 차분히 책자를 살피고 있었다.

윤시동이 궁금해했다.

"김 직각이 보는 책자에는 문제가 없소?"

김조순은 감사원법을 살펴보고 있었다.

"전하께서 사헌부와 의금부를 통합하시려고 하네요."

"뭐요? 백부(柏府)와 왕부(王府)를 합쳐요?"

백부는 사헌부, 왕부는 의금부의 별칭이다.

"그렇사옵니다. 두 기관을 합쳐서 보다 강력한 감사기관
으로 만들려고 하십니다."

서정수가 놀라 반문했다.

"강력한 감사기관이요?"

"예, 그렇습니다."

김조순이 감사원의 기능에 대해 설명했다.

설명을 들은 윤시동이 의외로 반발하지 않았다.

"그런 기능을 가진 기관이라면 반대할 이유가 없지. 더구나
관직까지 대폭 늘어나니 말이야. 그런데 감사원에서 감사만
하면, 의금부가 갖고 있는 수사 기능은 없어진단 말이오?"

직제학 이만수(李晩秀)가 나섰다.

규장각의 각신은 제학 두 명, 직제학 두 명, 직각과 대교
(待教)각 한 명, 그리고 검서관 네 명으로 되어 있다.

"제가 보고 있는 책이 법원 설립에 관한 내용입니다. 여기에
법원 직할로 검찰청을 두게 되어 있습니다. 이 검찰청이 사헌
부와 의금부가 갖고 있는 수사와 기소를 담당하고 있습니다."

개혁군주

"그래요?"

이만수가 법원을 비롯한 검찰의 기능에 대해 죽 설명했다.

그 설명을 들은 윤시동이 크게 놀랐다.

"아니. 그럼 법원, 검찰도 감사원처럼 조정 조직과 완전히 분리된단 말입니까?"

"그렇습니다. 이번에 분리되는 조직은 철저하게 신분이 보장된다고 합니다. 아울러 독립적인 기능을 수행하며 조정 조직과의 인적 교류도 금지된다고 합니다."

"이리 줘 보시오."

윤시동이 책자를 건네받았다. 그리고 유심히 내용을 읽고서 문제를 지적했다.

"이렇게 되면 조정과는 완전히 분리된다고 봐야겠군요. 해당 아문의 조정과 부서 이동도 하지 못하니 말이오."

"그렇습니다."

윤시동이 부정적인 의견을 냈다.

"본국은 국초부터 관리들의 능력 향상을 위해 부서를 수시로 이동해 왔소이다. 그런데 감사원과 법원을 분리하면 그게 불가능해지는데, 이건 조금 문제가 있는 거 같소이다."

김조순이 반대의견을 냈다.

"감사원과 법원을 분리하는 건 부정부패 척결의 일환입니다. 지금처럼 수시로 부서를 이용하면서 생기는 폐단을 간과하면 아니 되옵니다."

김조순의 반대에 윤시동이 와락 안면을 일그러트렸다. 그러고는 호통을 섞어서 질책했다.

"김 직각은 말을 조심하게. 부서 이동에 무슨 폐단이 생긴다고 그런 말을 하는 건가?"

김조순이 일부러 몸을 낮췄다.

"관리들에게 다양한 경험을 해 준다는 취지는 높이 사야 합니다. 그게 유학의 기본이니까요. 그러나 부서 이동이 잦아지면서 실무 파악도 못 하고 옮기는 경우가 많습니다. 그런 일이 반복하다 보면 실무는 아예 뒷전이 되는 경우도 많고요."

이만수도 동조했다.

"김 직각의 지적이 일리가 있습니다. 우리 규장각만 해도 검서관을 제외한 각신들은 수시로 이동이 됩니다. 그래서 실질 업무는 검서관과 이속(吏屬)들이 하고 있는 게 현실이지요. 이번에 전하께서 하명하신 필사도 우리들이 아닌 검서관과 이속들이 할 거 아닙니까?"

윤시동이 멋쩍어하며 헛기침을 했다.

"험! 험! 필사야 아랫것들이 해도 됩니다. 우리는 새로 만들어질 법안의 문제점을 찾아내고 수정하는 중요한 업무를 담당하지 않소이까?"

김조순이 나섰다.

"전하께서 그런 문제를 지적하셨습니다. 의금부도 실질적인 수사 인원은 금부도사 열 명과 지사 세 명뿐입니다. 사헌부도 대사헌을 제외하면 감찰 이상의 인원이 겨우 열여덟에 불과하고요. 다 합해 봐야 서른도 안 되지요. 우리 조선의 인구에 비하면 이건 너무 적지 않습니까?"

"금부와 헌부는 조정 관리들의 감찰과 비리를 조사하는 기관이오. 지금까지는 지방관이 죄를 다스려 와서 큰 문제가 되지 않았어요."

이만수가 지적했다.

"지방관이 죄인을 재판하고 판결하는 건 문제가 많은 게 사실입니다. 솔직히 우리 중 형률을 제대로 공부한 사람이 몇이나 되겠습니까?"

"험! 험!"

윤시동이 거듭 헛기침을 했다.

그것을 본 이만수가 다시 말을 이었다.

"저는 법원의 설립에 대해서는 두 손 들어 환영합니다. 전하께서는 먼저 죄인들의 치죄와 구형을 법원에 이관한다고 하셨습니다. 전하께서 이렇게 먼저 권한을 내려놓으셨는데, 누가 무슨 명분으로 반대를 할 수 있단 말입니까?"

서정수가 급히 책자를 들어 확인했다.

"이 직제학의 말씀대로입니다. 전하께서 스스로 갖고 계셨던 막강한 권한을 법원에 넘기셨어요. 세상이 어떻게 이런 일이 있단 말입니까? 아아! 우리 전하께서는 정녕 성군이심이 분명합니다."

전제국가 국왕의 권한은 막강하다.

그중 사람을 벌주거나 사면하는 권한만큼 막강한 권한은 없다. 그런데 국왕이 먼저 그 권한을 내려놓겠다고 천명하고 나왔다.

모든 사람들이 고개를 끄덕였다. 윤시동도 이 말을 듣는 순간 더 이상 불만을 제기할 수 없었다.

업무가 본격적으로 진행되었다.

윤시동은 새로운 법안과 기관 설립에 상당히 비판적이었다. 그러나 법안 검토만큼은 누구보다 열정적으로 달려들었다.

사흘 후.

국왕이 책자 더미를 흐뭇하게 바라봤다.

"모두들 고생이 많았소. 윤 제학."

"예, 전하."

"문제가 되는 부분은 없었소?"

윤시동이 몸을 숙였다.

"내용에서는 별문제가 없었사옵니다. 그보다는 죄인들의 형량이 너무 가혹한 거 같았사옵니다. 그리고……."

윤시동이 잠시 자신의 시선으로 바라본 문제점들을 나열했다. 그 내용을 듣던 국왕이 몇 번이고 고개를 끄덕였다.

"형량이 가혹한 게 맞소."

"하오시면 형량을 조정하셔야 하지 않겠사옵니까?"

국왕이 고개를 저었다.

"그럴 생각이 없소. 형량이 가혹하면 애초부터 죄를 짓지 않으면 될 것 아니오?"

너무도 간단한 지적이었다.

윤시동의 말문이 갑자기 막혔다.

"그렇기는 하옵니다. 그러나 일을 하다 보면 어쩔 수 없이 흙탕물에 빠지는 경우도 있사옵니다. 그리고 자신이 하기 싫어도 위에서 누르면 어쩔 수 없이 따라야 하는 경우도 있고요."

"그런 일이 있으면 법안에 나온 내용대로 곧바로 감사원에 보고하면 되오. 그렇게 먼저 자신의 잘못을 보고하면 면책이 된다고 명시되어 있었을 터인데, 아니오?"

또다시 말문이 막혔다.

"……그렇사옵니다. 허나 모든 일이 보이는 대로 할 수만은 없는 게 현실이옵니다."

국왕이 바로 지적했다.

"원리원칙대로 한다면 무엇이 문제가 되겠소. 윤 제학이 우려하는 현실은 사사로운 정리 때문에 생겨나기 마련이오. 그렇지 않소?"

국왕은 분명 질문을 했다. 그런데 그런 질문이 윤시동에게는 이상하게 전부 질책으로 들렸다.

윤시동이 식은땀을 흘렸다.

"⋯⋯."

국왕은 대답을 못 하고 허리를 숙인 윤시동의 등을 지그시
바라봤다. 그런 국왕의 눈빛은 그 어느 때보다 서늘했다.

"세상의 모든 일이 그러하듯, 부정부패도 작은 부분부터
시작되는 거요. 부패방지법의 처벌이 엄한 이유가 바로 거기
에 있소. 처음부터, 아무리 작은 부조리라도 저지르지 말라
는 거요. 길이 아니면 가지 않으면 되는 일이요."

국왕의 지적은 하나도 틀리지 않았다.

그러나 원리원칙을 지켜 나가는 것이 현실적으로 너무도
어렵다. 그랬다가는 고립무원의 처지가 될 수밖에 없는 것이
현실이다.

국왕도 이점을 모르지 않았다.

"과인도 현실이 어떻다는 것을 모르지 않소. 그래서 지금
까지는 작은 일은 정리로 적당히 덮어 주기도 했소. 헌데
그게 화근이 되어 탐관오리들이 넘쳐 나는 게 현실이오. 그
래서 강력한 처벌로 부패의 고리를 끊겠다는 거요."

국왕의 태도가 단호했다. 그 바람에 법안에 대한 논의는
더 이상 이어지지 않았다.

국왕이 당부했다.

"사흘 동안 고생이 많았소이다. 이 법안은 내일 상참에서
공론에 붙일 예정이오. 그러니 오늘 하루만 더 비밀을 엄수

해 주었으면 하오."

윤시동이 대표로 몸을 숙였다.

"공연한 말이 나오지 않도록 조심하겠사옵니다."

"과인은 여러분을 믿소. 며칠 고생들 했으니 오늘은 일찍 퇴청하시오."

"황감하옵니다."

국왕이 먼저 일어나 전각을 나갔다. 그런 국왕을 배웅한 각신들은 서둘러 퇴청했다.

❁

규장각을 나온 국왕이 중희당을 찾았다.

"고생한 각신들을 모두 퇴청시켰다."

원자가 공손히 고개를 숙였다.

"그러셨사옵니까?"

"이렇게 하는 게 잘하는 일인지 모르겠구나."

"윤 제학이 걱정되십니까?"

국왕이 무거운 표정으로 고개를 끄덕였다.

"윤 제학은 철저한 당파 주의자다. 그런 사람이 기밀을 유지하라고 해서 그대로 좇진 않을 게다."

"그러시면 오늘까지 숙직을 시키시지 그러셨사옵니까?"

국왕이 고개를 저었다.

"어차피 알려져야 하는 일이다. 검토하고 필사하고 있을 때는 조심해야겠지만, 이제는 알려져도 무방하다."

"법안이 알려지면 파장이 만만치 않겠지요?"

"그러겠지."

원자가 걱정했다.

"반대가 심하지 않을까요?"

국왕이 미소를 지었다.

"왜? 걱정이 되느냐?"

"아니옵니다. 다만 중신들을 상대할 아바마마의 심력이 크게 상할까 걱정이 되옵니다."

"그렇게 걱정하지 않아도 된다. 아비가 먼저 권한을 내려놓으면서 시작한 일이다. 그런 일을 누가 감히 반대한단 말이더냐."

"그랬으면 좋겠지만……."

국왕이 원자를 몇 번 다독였다.

"잘될 게다. 조정 대신들도 법안을 보면 그들도 알게 될게다. 아비가 어떤 심정으로 이번 일을 추진하는지 말이다. 그러면 쉽게 반대하지 못한다."

"그렇게 되었으면 좋겠사옵니다."

"허허허!"

자신을 걱정하는 원자를 본 국왕이 너털웃음을 터트렸다. 그러면서 몇 번이고 원자의 등을 쓰다듬었다.

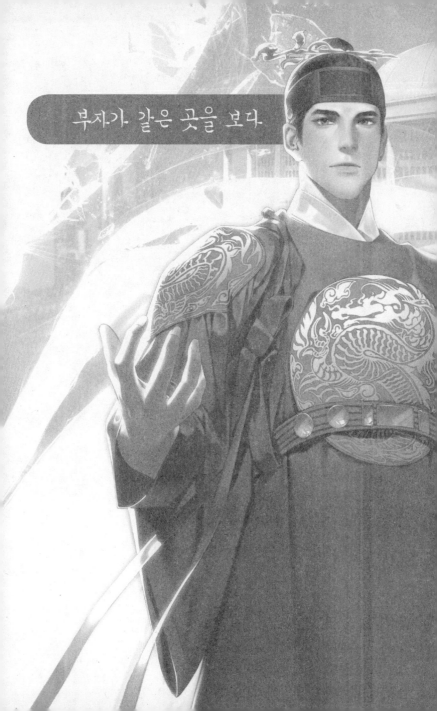

부자가 같은 곳을 보다

국왕의 예상이 맞았다.

윤시동은 처음부터 국왕과의 약속을 지킬 생각이 없었다. 그는 퇴궐하면서 사람을 풀어 노론 벽파의 주요 인물들을 모두 모이게 했다.

이날 저녁.

노론 벽파 영수인 봉조하(奉朝賀) 김종수의 집으로 꽤 많은 사람들이 모여들었다. 이들은 윤시동의 열변 같은 설명을 들으며 저마다 생각에 잠겼다.

김종수가 먼저 입을 열었다.

"주상께서 이번에 엄청난 결단을 하셨소이다."

예조판서 심환지가 동조했다.

"그런 거 같습니다. 고유 권한이나 다름없는 재판권을 법원에 이관하다니요. 솔직히 이건 상상도 못 한 일입니다."

윤시동이 슬쩍 폄훼했다.

"그래도 사면권은 갖고 계십니다. 더욱이 특별재판소를 설치할 수 있는 권한도 갖고 있고요. 그런저런 것을 따지면 실질적으로 내려놓은 부분은 그렇게 많지 않습니다."

김종수가 고개를 저었다.

"그렇지 않아요. 지금은 주상 전하께서 마음만 먹으면 언제라도 국청(鞫廳)을 설치할 수가 있소이다. 그래서 무고한 사람들도 잡아들일 수가 있고요. 그런데 법원이 설립되면 그런 일은 할 수가 없게 되니, 그 얼마나 큰 변화요."

심환지도 동조했다.

"옳은 말씀입니다. 우리는 늘 국청에 대한 불안을 안고 살아왔습니다. 주상 전하께서도 그런 권한을 적절히 사용해 가며 정국을 관장해 오셨고요. 그런 불안감이 없어지는 것만 해도 엄청난 일이지요."

모든 사람들이 크게 고개를 끄덕였다.

심환지의 목소리가 높아졌다.

"거기다 삼심제도를 도입한다니. 재판의 공정성은 최고로 확보되었으니 너무도 다행이외다."

이때, 누군가가 이의를 제기했다.

"법원 설립은 좋은 일이기는 합니다. 그러나 부패방지법에 정리된 양형이 너무 높사옵니다. 그리고 이전과 달리 재산몰수는 물론 복직조차 원천 금지됩니다. 사람인 이상 실수를 하기 마련인데, 잘못을 만회할 기회는 주어야 하지 않겠습니까?"

이 말에 곳곳에서 동조하는 소리가 들렸다.

김종수가 손을 들어 제지했다. 그러고는 따끔하게 질책했다.

"주상 전하께서 권한을 대폭 내려놓았소. 그것도 우리의 명줄을 잡고 있던 권한을요. 그런데 우리는 겨우 죄질의 형량이 높다고 아우성을 하는 게 말이 된다고 생각하시오?"

윤시동이 나섰다.

"전하께서 결단을 내린 점은 경하드릴 일이 분명합니다. 하오나 부정부패에 가혹한 형량을 부과하는 건 옳지 않습니다. 솔직히 우리 모두 거기에 자유롭지 않은 게 현실이지 않습니까?"

여기저기서 헛기침이 터졌다.

김종수가 한숨을 내쉬며 고개를 저었다.

"하! 이번 일은 신중하게 대처해야 합니다. 주상 전하께서 먼저 막강한 권한을 내려놨다는 점을 명심하세요. 그런 상황에서 우리의 주장만을 내세우다가 자칫 역린(逆鱗)을 건드릴 수도 있습니다."

모두의 안색이 심각해졌다.

대부분의 사람들은 국왕과 20여 년 동안 정사를 같이 봐 왔다. 그랬기에 국왕의 성정에 대해 누구보다 잘 알고 있었다.

한동안 방 안에 침묵이 감돌았다. 그러다 누군가가 입을 열면서 다시 격론이 시작되었다.

　평상시에는 안건이 올라오면 중신들의 주도로 어렵지 않게 결론이 났다. 그게 당론이 되어 일사불란하게 움직이며 정국 주도권을 행사해 왔다.

　그러나 이번은 쉽게 결론이 나지 않았다. 이날 사랑방의 불은 오래도록 꺼지지 않았다.

　다음 날.

　상참(常參)이 열렸다.

　상참에는 업무가 있는 6품 이상의 관리가 참석해 왕에게 문안 인사부터 한다. 소문을 들었는지 이날따라 편전에는 많은 중신들이 자리했다.

　국왕은 대신들에게 필사한 책자 세 권을 나눠 주었다. 그러고는 새로운 법안을 제정하려는 이유와 신설 기관에 대해 설명을 했다.

　편전의 일부가 크게 술렁였다.

　영의정 홍낙성이 나섰다.

　"삼사를 폐지해서 그 기능을 새로 설립되는 기관으로 이첩하라는 말씀이옵니까?"

"그렇소이다."

국왕의 최측근이 채제공은 다른 질문을 했다.

"전하, 법원과 감사원을 조정에서 분리한다면 상당한 인원이 필요합니다. 그렇게 필요한 인원은 어디서 어떤 방식으로 선발해야 하옵니까?"

"현재 소속된 인원을 우선 지원받을 거요. 삼사를 거친 사람들도 지원을 받아야겠지요. 그래도 인원이 부족하면 따로 선발을 할 생각이오."

"별과(別科)를 실시하신다는 말씀이옵니까?"

"그렇소이다. 법원과 감사원이 조정에서 분리되면 일정 인원을 별도로 선발할 예정이오."

누군가 다시 질문을 하려 했다. 그것을 본 국왕이 손을 들어 제지했다.

"이 법안은 규장각에서 먼저 검토를 했소이다. 그러나 검토가 완벽하지는 않을 터이니, 여러분들이 법안을 검토한 뒤 조정 중론을 모아 주면 좋겠소."

일방적인 처리가 아닌 중론을 모으라고 한다. 대신들은 국왕의 배려에 두말하지 않았다.

"그렇게 하겠사옵니다."

대답을 마친 대신들이 인사를 하고는 서둘러 편전을 나갔다. 대궐을 나온 주요 대신들은 비변사로 몰려갔다.

그리고 법안부터 확인했다.

대신들은 부정부패방지법의 처벌 조항이 강력한 점에 놀랐다. 이어서 법원과 감사원이 완전히 분리되고 전국 조직이 된다는 점에 더 크게 놀랐다.

조정 관리들의 정치적 성향은 시파와 벽파로 나뉜다. 벽파는 강성이며 전부 노론 인사로만 구성되어 있다. 반면에 시파는 국왕의 탕평책을 지지하면서 남인과 노론, 소론을 포함하고 있다.

전체로 보면 시파가 훨씬 많다.

그러나 벽파는 강성이고 중신이 많아, 인원은 적지만 결코 밀리지 않았다. 그래서 여느 때 같았다면 작은 일을 놓고도 격론이 벌어진다.

심지어는 반대를 위한 반대를 하며 상대를 짓밟기 위해 전력을 기울인다. 그로 인해 비변사는 늘 시끄럽고 북적였다.

그러나 이번은 달랐다.

부정부패가 극심하다는 걸 모르는 조정 중신은 없다. 그런데 국왕이 권력을 내려놓고, 그걸 감사원과 법원에 나눠 주려고 한다.

이 조치에는 모두가 환영했다.

단지 처벌 조항이 너무 강력하다는 게 문제이기는 했다. 비변사의 대신들은 이 문제를 갖고 갑론을박을 벌였다.

대신들은 파벌에 관계없이 처벌 조항을 약하게 하고 싶어 했다. 그러나 그런 제안을 누구도 공식적으로 제안할 수는 없었다.

그런 제안은 자칫 죄인을 비호하는 모양으로 비칠 수 있었다. 그렇게 되면 감당해야 할 정치적 부담이 너무도 컸다.

특히 권한까지 내려놓은 국왕의 분노를 감당할 자신이 없었다. 며칠 동안 다양한 의견이 나왔지만, 결국 법안을 그대로 받아들이기로 합의를 봤다.

결과를 도승지 이조원(李祖源)이 보고했다.

보고를 받은 국왕이 파안대소했다.

"하하하! 비국(備局)이 그런 결정을 내렸단 말이냐?"

"처벌 규정이 너무 엄해서, 그 문제로 며칠 동안 갑론을박이 있었사옵니다. 그러나 전하께서 먼저 아량을 베푸신 점을 거역하면 안 된다는 게 중론이었사옵니다. 거기다 자정할 수 있는 유예기간과 계도 기간을 준 것도 중론을 모으는 데 큰 도움이 되었다고 합니다."

"역시 그렇구나."

흡족한 표정을 짓던 국왕이 일어났다.

"원자를 보러 가야겠다."

"준비하겠사옵니다."

❀

잠시 후.

국왕이 중희당에 좌정했다.

국왕이 조정의 상황을 전했다. 원자가 바로 일어나서 배꼽 인사를 했다.

"감축드리옵니다. 이제 드디어 개혁의 첫발을 내딛게 되었사옵니다. 이 모두가 아바마마의 홍복이시옵니다."

국왕도 기쁨을 숨기지 않았다.

"하하하! 고맙구나. 허나 네 말대로 이제 시작이다. 그리고 인사는 원자가 받아야 한다. 세 법안 모두 네가 제안을 한 게 아니더냐."

"아니옵니다. 아바마마께서 결단을 내리지 않았다면 오늘 같은 좋은 결과는 없었사옵니다."

이 점은 국왕도 부인하지 않았다.

"그 말은 맞다. 하지만 원자가 제안했기 때문에 아비가 의심 없이 받아들일 수 있었다. 이런 점만큼은 원자가 알고 있어야 한다."

"예, 아바마마."

국왕의 표정이 진지해졌다.

"개혁이 시작되었다. 그것도 파격적인 조직 개편을 통해서 말이다. 이제는 거기에 맞춰 다른 일을 진행해야 한다. 원자야."

"예, 아바마마."

"무엇부터 해야 좋겠느냐?"

"강력한 왕권을 확립해야 합니다. 그래야만 아바마마께서 개혁을 주도해 나가실 수 있사옵니다."

국왕이 크게 고개를 끄덕였다.

"네 말이 맞다. 아비가 장용영 확대에 정성을 쏟는 이유도 다 그 때문이다."

"그로 인한 부작용도 꽤 많을 곳이옵니다."

국왕의 눈이 커졌다.

"놀라운 일이구나. 대궐 밖을 나가 보지도 않은 네가 어떻게 그런 문제까지 알고 있단 말이냐?"

"군대는 돈을 잡아먹는 괴물이라고 하옵니다. 화성의 장용영 병력이 일만에 가깝다고 들었습니다. 그 병력이 먹고 입는 양만 해도 엄청날 테니, 분명 적잖은 문제가 발생하고 있을 거 같았사옵니다."

국왕이 고개를 끄덕였다.

"네 말이 맞다. 요즘 들어 군비를 장용영에 집중하면서 조정 내에서도 말이 많다. 그래서 둔전을 마련하라 지시했는데, 그것도 주변 백성들 때문에 쉽지가 않구나."

원자가 아쉬운 표정을 지었다.

"본국의 세수 제도는 너무도 복잡하옵니다. 거기다 토지세가 주요 수입원인 것도 문제고요. 그런데 토지는 이중 삼중의 중과세로 인한 세수 왜곡 현상이 너무 심합니다. 그런 불합리는 전부 백성들의 몫이 되어 있고요."

원자의 지적이 국왕의 심중을 후볐다. 용안이 어두워진 국왕이 길게 한숨을 내쉬었다.

"후! 우리 원자의 말이 오늘따라 아비의 폐부를 심하게 찌르는구나."

원자가 급히 몸을 숙였다.

"황공하옵니다. 소자는 그저 있는 사실을 말했을 뿐인데, 그게 성심을 어지럽혔사옵니다."

"아니다. 없는 말을 지어낸 것도 아니고, 있는 사실을 나열한 게 무에 잘못이라고 그러느냐."

국왕은 잠시 말을 못 했다.

이런저런 생각에 심사가 복잡해진 국왕은 자리에서 일어나 이 층 누각으로 올라갔다. 그런 국왕을 따라 올라간 원자를 국왕이 번쩍 들어 탁자에 올렸다.

"오!"

탁자에서는 궁궐 주변이 한눈에 내려다보였다.

"경치가 볼만하냐?"

"예, 아바마마. 최고입니다."

"허허허! 여기서 보는 거와 거기서 보는 건 다르다. 그렇듯 사람들은 자기 눈높이로 모든 것을 보려고 한다. 세상의 이치도 마찬가지여서, 자기가 본 것만 전부로 생각하는 경향이 있다."

"......"

개혁군주

"허나 군주는 그렇게 세상을 보면 아니 된다. 부단히 자신을 갈고닦아 누구보다 높은 시야로 세상을 굽어봐야 한다."

원자의 몸이 절로 숙여졌다.

"아바마마께서 성려하는 일이 없도록 수신(修身)에 힘쓰겠사옵니다."

국왕이 크게 웃었다.

"하하하! 과연 우리 원자로구나. 아비가 하나를 말하면 둘을 알아듣는구나."

국왕은 뭔가를 생각하며 고개를 끄덕였다. 그러던 국왕이 상선을 불렀다.

"상선."

"예, 전하."

"원자와 긴히 나눌 말이 있다. 그러니 모두들 물러서도록 하라."

"소인도 말이옵니까?"

"그렇다. 절대 누구도 접근하지 마라."

"예, 전하."

어명을 받은 상선은 주변 사람들을 전부 내려보냈다. 그러고는 그 자신도 복도를 내려가서는 문을 닫았다.

국왕이 주변을 한 번 더 확인했다. 그러고는 원자를 내려 앉히고서 지그시 바라봤다.

"자! 이제 주변에 아무도 없으니 말해 봐라. 대체 무슨 일이 생겼기에 네가 이리도 변한 것이냐?"

원자는 가슴이 철렁했다.

그러나 곧바로 마음을 다잡고 무릎을 꿇었다. 그러고는 미리 생각해 둔 내용을 차분히 설명했다.

"몇 달 전, 소자가 갑자기 정신을 잃었던 때를 아실 것이옵니다."

"사흘 동안 정신을 잃었을 때를 말하는 게냐?"

"그러하옵니다."

원자는 언젠가 이런 날이 올 것을 예상하고 있었다. 그래서 어떤 식으로 국왕에게 설명을 해야 할 것인지에 대해 수없이 고심하며 정리해 왔다.

그래서 설명은 막힘없이 진행되었다.

원자는 사흘 동안 긴 꿈을 꾸었다고 했다. 거기서 공보가 되어 수십여 년의 미래를 살았다고 각색했다. 그 기간은 좋기도 했지만, 너무도 두렵고 무서웠다고도 했다.

국왕은 심각한 표정으로 경청했으며, 설명이 끝나고도 한동안 입을 열지 않았다. 그러던 국왕이 천천히 고개를 끄덕였다.

"그랬었구나. 그래서 그때 이후로 네가 이렇게 변했던 것이구나."

"네. 너무도 생생해서 지금도 현실인지 꿈인지 분간이 되지 않사옵니다. 그리고 미리 말씀드리지 못해 송구하옵니다.

개혁군주

소자는 아바마마께서 어떻게 받아들이실지 몰라 두려웠사옵니다. 그래서……."

국왕은 무릎을 꿇고 있는 원자를 안았다. 그리고 등을 천천히 쓸어 주면서 자리에 앉혔다.

"괜찮다. 괜찮아. 그동안 얼마나 무섭고 두려웠을까? 걱정 마라. 네가 어떻게 변하든 나의 아들임은 분명하다. 아비는 어떠한 일이 있더라도 너만큼은 반드시 지켜 줄 것이다."

처음에는 원자를 위로해 주었다.

그러던 국왕은 시간이 지날수록 목소리에 조금씩 물기가 적셔졌다. 그런 목소리를 들은 원자는 자신도 모르게 눈물을 흘렸다.

국왕이 원자를 더 보듬어 주었다.

그리고 얼마의 시간이 지났다.

"……그래, 그래서 어떻게 되었느냐?"

원자의 설명이 다시 이어졌다. 이번에는 국왕이 질문하고 원자가 대답했다.

국왕은 상상할 수 없는 설명이 이어지자 기연가미연가했다.

그러나 믿지 않을 수 없었다.

국왕은 원자가 달라졌다는 걸 누구보다 절감하고 있었다. 그리고 달라진 모습이 훨씬 좋았기에 구태여 원인을 캐려 하지 않았다.

그러다 법안 준비 과정을 겪으면서 원자가 충분히 강건해졌다는 걸 알았다. 그래서 변화한 원인을 직접 듣고 싶어서 일부러 자리를 마련했던 것이다.

원자에게는 천재일우였다.

일부러라도 기회를 만들어 전생의 경험을 국왕에게 들려주고 싶었다. 그러면서 자연스럽게 그 지식을 전수해 주고 싶었었다.

지금까지는 국왕이 조심해서 그럴 기회가 오지 않았다. 그래서 대화를 나누며 조금씩 지식을 전수해 주고는 했다.

그런데 갑자기 자리가 생겼다. 원자는 기회를 놓치지 않고 최대한 생생히 설명했다.

설명이 너무 생생해 국왕이 정색을 했다. 허나 그러면서도 가끔씩 하는 질문의 깊이는 점점 더해 갔다.

그리고 얼마의 시간이 지났다. 한동안 이런저런 질문을 하던 국왕이 너털웃음을 터트렸다.

"허허허! 참으로 놀라운 일이로구나. 미래 세상이 그토록 상상할 수 없을 정도로 변하다니. 그렇게 세상이 바뀌는 근본이 공업 기술이 발전해서 그렇다는 거로구나."

"꼭 그것만은 아닙니다. 학문이나 철학도 지금보다 훨씬 다양해졌습니다. 그러나 실생활을 바꾸는 근본은 공업 발전에 있습니다."

"그렇구나."

고개를 끄덕이던 국왕이 핵심을 짚었다.

"그런데 미래의 나라 이름이 대한민국이라는 의미는 우리 조선이 망했단 말이냐?"

원자는 순간 말이 막혔다.

국왕이 고개를 저었다.

"괜찮다. 어차피 꿈이다. 그러니 꿈에서 본 그대로만 말하면 된다."

원자가 조심스럽게 설명했다.

"조선은 훗날 대한제국으로 칭제 건원을 했습니다."

국왕이 깜짝 놀랐다.

"아니, 우리 조선이 칭제 건원을 했다고?"

"그렇사옵니다. 그러나 안타깝게도 오래지 않아 일본의 식민지로 전락하게 되었습니다."

국왕의 눈이 더 커졌다.

"우리 조선이 일본의 식민지가 되었어?"

"그렇사옵니다."

국왕이 탄식했다.

"허허! 왜란으로 나라가 그렇게 고난을 겪었는데도 경계하지 않고 끝내 일본의 식민지가 되었단 말이더냐?"

"당시 조선은 세도정치의 폐해로 온 나라가 절단 나 있는 상황입니다. 그로 인해 변화하는 세상에 적응을 못 하고 몰락하게 되었고요."

국왕의 용안이 일그러졌다. 즉위 초기 국왕은 세도정치가 어떤지를 톡톡히 경험했었다.

"세도정치가 나라를 망쳤단 말이구나."

원자가 세도정치로 인해 나라가 절단 나는 과정을 상세히
설명했다. 그 설명을 들은 국왕의 안색이 시시각각 변했다.

국왕이 허탈한 표정을 지었다.

"결국 그렇게 되었구나. 왕실이 끝내 힘을 못 찾고 무너져
버렸어. 그러면 세도정치는 언제부터 시작된 것이더냐?"

원자가 주저하며 말을 못 했다. 국왕이 그런 원자를 다독
이며 대답을 재촉했다.

"걱정하지 말고 말해 봐라. 꿈에서 본 세상인데, 그게 현
실과 꼭 같다는 보장은 없다."

"황공하오나 세도정치는 소자로부터 시작이 되었사옵니다."

국왕이 자리에서 벌떡 일어났다.

"뭐라고? 너로부터 시작이 되었어?"

"예."

국왕이 크게 당황했다.

"그, 그렇다면 그 단초를 아비가 만들었다는 말이냐?"

"……황공하오나 꿈에서는 그랬사옵니다."

국왕의 머릿속이 불현듯 번쩍했다.

"혹시 그 세도정치를 외척이 시작했더냐?"

"……그렇사옵니다."

"네 장인이 된 사람이 누구였지?"

"……규장각 직각 김조순이옵니다."

국왕이 자리에 털썩 주저앉았다. 그러고는 넋이 나간 사람처럼 길게 탄식했다.

"아아! 그랬구나. 그랬어."

원자는 자신의 설명을 국왕이 어떻게 받아들일지 걱정이 되었다. 그래서 불안한 눈으로 국왕을 바라봤다.

이런 눈길을 받은 국왕은 안색이 기묘하게 변했다. 말은 하지 않았어도 원자가 무엇을 걱정하는지 모르지 않았기 때문이다.

국왕이 고개를 저었다.

"너무 걱정하지 마라. 김 직각을 자주 불러 여러 말을 했지만, 아직 혼례를 거론하지는 않았다."

원자는 가슴을 쓸어내렸다.

"아! 다행이옵니다."

갑자기 달라지는 모습에 국왕이 씁쓸해했다.

"아비가 김 직각의 여식에 대해 관심을 보인 건 사실이다. 그래서 김 직각도 대충은 짐작하고 있을 게야."

원자가 펄쩍 뛰었다.

"아바마마!"

국왕이 고개를 끄덕였다.

"걱정하지 마라. 지금은 어느 것도 정해진 바가 없다. 그런데 왜 김 직각이 세도정치를 하게 된 것이더냐."

원자가 왕대비의 수렴청정 당시의 폭정을 설명했다. 그러다 보니 국왕이 언제 훙서했는지도 거론하지 않을 수 없었다.

국왕이 다시 한숨을 내쉬었다.

"후우! 그랬구나. 그분의 권력욕이 끝내 문제가 되었구나."

국왕이 크게 침통해했다. 그러나 그 부분만큼은 원자가 뭐라 위로해 줄 말이 없었다.

"……그런데 이상하구나."

"무엇이 말이옵니까?"

"왕대비께서 시파를 찍어 냈다고 했다. 그러면 김 직각이 가장 먼저 찍혀 나갔어야 하는데, 어찌 그 집안은 살아남았단 말이더냐?"

"왕대비마마께서 찍어 낸 시파에 경화사족(京華士族)은 없었습니다. 있다고 해도 극히 일부 방계 정도였고요."

"그래?"

"예, 왕대비마마께서는 천주학을 핑계로, 아바마마께서 고심해서 양성한 개혁 인사들을 찍어 냈습니다. 그 바람에 기호남인들이 가장 많은 피해를 입었고요. 그런 와중에 소론과 노론의 일부도 갈려 나가게 되었사옵니다."

"그러면 벽파는 어찌 되었느냐?"

"왕대비마마께서 권력을 내려놓으면서 절로 소멸되었사옵니다."

국왕은 허탈해하며 웃었다.

개혁군주

"허허허! 그랬구나. 야당이 되어야 할 세력이 왕대비마마로 인해 모조리 갈려 나갔구나. 그래서 인재가 많은 김 직각의 집안이 절로 커질 수밖에 없었어."

"예, 안동 김씨는 노론 최고의 명문가입니다. 지금의 조정에도 그 집안사람이 많고요."

"그렇다."

"그게 화근이었습니다. 그렇게 유능한 인물이 많은 집안이 외척이 되었습니다. 거기다 권력을 나눠야 할 세력 대부분이 찍혀 나간 상황이니 누가 감히 대적하겠습니까?"

국왕은 말없이 고개를 끄덕였다.

"그리고 가장 중요한 건 김 직각입니다."

"김 직각이 무슨 일을 한 것이더냐?"

"아니요. 중책을 절대 맡지 않았습니다. 그래서 더 세력이 커졌사옵니다."

"그래?"

"예, 상신(相臣)은 아예 맡지 않았으며 판서도 잠깐 하고 말았습니다. 그 대신 비변사 제조만큼은 끝까지 손에서 놓지 않았사옵니다."

국왕이 너털웃음을 터뜨렸다.

"허허허! 그랬구나, 그랬어. 비변사를 장악해서는 뒤에서 국정을 좌지우지했다는 말이구나."

원자가 대답하지 않았다.

"……."

그러던 원자가 질문했다.

"아바마마께 여쭐 게 있사옵니다."

"오냐. 무슨 말인지 말해 봐라."

"아바마마께서는 법원과 감사원 설립을 너무 쉽게 윤허해 주셨습니다. 아무리 개혁 법안이라고 해도 군주가 갖고 있는 권력을 내려놓는 일은 결코 쉽지 않사옵니다. 그런데 그렇게 하신 연유를 알고 싶사옵니다."

국왕이 웃으며 설명했다.

"네 말대다. 개혁을 하려면 누군가는 기득권을 내려놓아야 한다. 그렇지 않고 개혁을 추진한다면 그건 탁상공론에 머무를 수밖에 없다. 그걸 알기 때문에 아비가 먼저 권력을 내려놓았던 게다. 그래서 조정 대신들도 반대를 못 한 것이다. 그리고 가장 중요한 건 네가 제안을 했기 때문이다. 네가 제안을 했기 때문에 아비가 결단을 할 수 있었다."

원자는 순간 감동했다.

"아! 그러셨군요."

"그래, 그러니 앞으로도 좋은 방안이 있다면 적극 건의하도록 해라."

"예, 아바마마."

이번에는 국왕이 질문했다.

"그나저나 참으로 신기하구나."

"무엇이 말씀이옵니까?"

"너는 분명 꿈을 꾸었다고 했다. 그런데 그날 이후 너는 전혀 다른 사람으로 변했어. 생각하는 방식도 그렇거니와 말투조차 변했다. 마치 네 속에 다른 사람이 들어 있는 것처럼 말이다."

국왕의 의심은 너무도 당연했다. 그런 의심에 원자는 너무도 당당하게 대응했다.

"소자도 실은 너무 이상하옵니다. 어찌 된 연유인지 꿈에서 봤던 모든 일들이 직접 경험한 것처럼 너무도 생생하옵니다. 그리고 시간이 지날수록 꿈에서 겪었던 일들이 더욱 선명해지고요."

"그것도 놀라운 일이구나. 꿈은 본디 며칠 지나면 잊히는데 더 선명해지다니 말이다."

"예, 그래서 처음에는 무서웠습니다. 너무도 기억이 선명해서요."

"흐흠!"

침음하던 국왕이 환하게 웃었다.

"어쨌든 너의 변화가 기쁘기 그지없구나. 그동안 고립무원이었던 아비는 너의 변화로 인해 천군만마를 얻은 기분이다."

원자가 공손히 고개를 숙였다.

"황감하옵니다. 소자는 아바마마께서 어떻게 생각하실지 걱정을 많이 했사옵니다."

"나쁘게 변했다면 당연히 바로잡아야겠지. 허나 너의 변화는 왕실은 물론이고 나라에도 큰 홍복이 아닐 수 없구나. 아비는 네가 지금처럼만 해 준다면 더 바랄 게 없구나."

생각지도 않은 극찬이었다. 원자는 한 번 더 사은했고 국왕은 그런 원자를 흐뭇하게 바라봤다.

그러다 국왕이 말을 돌렸다.

"자! 그건 그렇고, 조금 전 장용영에 관해하던 말을 다시 해 보자."

"예, 아바마마."

"너는 장용영을 무리 없이 확대할 수 있는 방안이 있다고 했는데 맞느냐?"

"그렇사옵니다."

"어떤 방법이 있는지 설명해 봐라."

원자가 숨을 골랐다.

"아바마마께옵서는 강력한 왕권을 바탕으로 한 군부 통합을 바라고 계실 것이옵니다."

국왕이 흠칫했다.

"놀랍구나. 군부 통합은 누구에게도 말하지 않은 아비만의 생각이다. 그걸 원자가 추론해 내다니 대단하구나."

"본국의 군사 조직은 유명무실해진 지 이미 오래입니다. 병기고의 창칼은 녹슬고 화약은 굳어서 쓸모가 없어졌사옵니다. 이런 구태구악을 일소하기 위해서는 일원화된 명령 체

개혁군주

계가 반드시 필요합니다."

국왕이 격하게 공감했다.

"바로 맞혔다. 나라가 바로서려면 국방이 튼튼해야 한다. 아비가 열성을 다해 장용영의 병력을 양성하는 이유가 거기에 있다."

"그러나 지금의 육성방식으로는 시간이 너무 많이 걸립니다. 거기다 재정 문제로 조정의 보이지 않는 견제도 받아야 하고요."

정확한 지적에 국왕은 절로 침음했다.

"으음!"

"그래서 소자는, 부국강병을 위해 자본부터 축적을 해야 한다고 생각합니다."

국왕의 용안이 찌푸려졌다.

"자본을 축적하다니. 장사를 해서 재원을 만들어야 한다는 말이냐?"

"지금은 수원 화성을 축조하는 데 온 국력을 기울이고 있습니다. 이러한 때 병력 증강을 위해 국고를 투입하는 건 어렵사옵니다. 조정의 반대도 심할 것이고요."

국왕도 인정했다.

"그렇기는 하다. 그러나 그렇다고 장사를 해서 재원을 만든다는 건 어불성설이다."

"부정적으로만 볼 사안이 아니옵니다. 부국강병을 이룩하기 위해서는 막대한 재원이 필요합니다. 그런 재원을 마련하기 위해서는 특단의 대책이 필요하고요. 솔직히 지금의 조정 세수로는 강병 양성의 재원을 마련한다는 건 요원하옵니다."

정확한 지적에 국왕이 말을 못 했다.

"……."

전각의 분위기가 후끈해졌다.

국왕의 용안이 심각해졌다. 그런 자체가 긍정이었기에 원자는 용기를 내어 말을 이어 나갔다.

"지금의 조선 상계는 권문세가와 권신들과 크고 작은 관계로 얽혀 있습니다. 그런 상황에 제삼자가 나선다면 당연히 크게 반발할 것이옵니다. 그래서 소자는 지금의 상계를 조금도 건드리지 않고 재원을 만들 계획을 수립했사옵니다."

국왕의 눈에서 빛이 반짝했다.

국왕도 조선 상계가 어떻게 굴러가는지 너무도 잘 알고 있었다. 그래서 신혜통공으로 상권 확대를 꾀했었다. 덕분에 상권은 커졌지만 문제는 여전했다.

"지금의 상계를 건드리지 않고 어떻게 장사를 한단 말이더냐?"

"보부상을 적극 활용할 계획입니다. 그래서 그들로 하여금 연필과 자동연필을 전매해 안정적인 수익을 거둘 생각입니다."

국왕이 처음으로 동의했다.

"좋은 생각이다. 국초부터 우리 왕실에 큰 도움을 준 보부상은 믿을 만하다."

"그래서 보부상을 적극 활용하려고 합니다. 그리고……."

원자의 설명이 한동안 이어졌다.

"호오! 그런 수가 있었구나. 그렇게 하면 기존 상계와는 전혀 마찰이 없겠어. 아울러 보부상의 충성도도 더 높아지겠다."

"보부상의 체계는 엄격하다고 들었사옵니다. 그런 보부상을 적절히 활용한다면 아바마마의 눈과 귀도 만들 수도 있사옵니다."

생각지도 않은 말에 국왕이 크게 놀랐다.

"비밀 사조직을 만들라는 말이더냐?"

"아바마마께 가장 필요한 부분 중 하나가 오염되지 않은 정확한 정보의 취득입니다. 나라를 제대로 이끌어 가기 위해서는 다양한 형태의 정보가 필요합니다. 그러나 지금은 그런 기반이 전혀 마련되어 있지 않사옵니다."

원자의 말은 충분히 이해가 되었다.

그런데 국왕은 지금까지 정보 조직을 운용해 보지 않았다. 그래서 고개를 갸웃하며 의문을 표시했다.

"보부상은 상인이다. 그런 보부상이 제대로 된 정보를 수집해 올 수 있을까?"

"대부분의 사람들이 아바마마와 같은 생각을 할 겁니다. 그런 선입견은 오히려 보부상들의 정보 수집에 도움이 되옵니다. 그리고 일부를 선발해 특별 교육을 시킨다면 충분히 제몫을 해낼 수 있사옵니다. 민초들의 실상을 알기 위해서는 그게 가장 좋은 방법이옵니다."

"흐음!"

"그리고 보부상만으로는 부국강병의 재원이 부족합니다. 그래서 저는 밖으로 눈을 돌려 변화를 구하고자 합니다."

국왕이 크게 놀랐다.

"나라의 문호를 개방하자는 말이더냐?"

원자가 고개를 저었다.

"지금의 우리는 문호를 개방하는 순간 외세에 먹혀들고 맙니다. 자체역량이 강화될 때까지는 절대 개방을 해서는 아니 되옵니다."

국왕은 안도했다.

"아비의 생각도 너와 다르지 않다. 그런데 개방을 하지 않고 어떻게 변화를 구한다는 말이냐?"

"청국은 강남의 광주를 개항하고 있습니다. 일본도 나가사키를 숨구멍으로 열어 두고 있고요. 두 나라는 그곳을 통해 서양과 교역을 하며, 서구 문물도 들여와 국가 발전에 활용하고 있사옵니다."

국왕이 바로 긴장했다.

"우리도 저들처럼 일부 지역을 개항해 서양과 교역을 하자는 말이더냐?"

원자가 고개를 저었다.

"아니옵니다. 조금 전에 말씀드린 대로 개항은 시기상조입니다."

"그러면 어떻게 하자는 말이더냐?"

"먼저 왕실 상단을 만들어야 하옵니다. 그런 뒤 우리가 직접 해외로 나가 교역을 하면 됩니다."

생각지도 않은 제안이었다.

"왕실 상단을 만들자고? 그래서 그 상단으로 강남 광주와 일본의 나가사키로 가서 교역을 해?"

"그렇사옵니다. 그곳에 가면 서양 상인들이 다수 들어와 있습니다. 그들과 거래를 하며 국가 발전에 필요한 문물을 들여오는 겁니다. 그러면 서양 문물이나 지식에 대한 관리를 왕실이 직접 통제할 수 있는 장점이 있사옵니다."

"필요한 것만을 취득할 수 있다는 말이구나."

"예, 아바마마."

국왕이 문제점을 지적했다.

"서양 문물이 들어오면 거기에 동조하는 무리가 반드시 생겨난다. 그런 자들을 어떻게 막을 수 있단 말이더냐?"

"소자도 그 점을 걱정했사옵니다. 그래서 소자는 강화도를 적극 활용했으면 하옵니다."

"강화도를 어떻게 활용하자는 말이냐?"

"강화도는 물살이 센 염하(鹽河)로 인해 본토와의 교통이 쉽지 않습니다. 그래서 전조에서는 별궁을 만들어 원나라와

투쟁하기도 했고요."

"본조도 호란 때 왕실이 피난을 갔었다."

"그렇사옵니다. 그렇게 중요한 지역이어서 유수(留守)를 두어 특별 관리하고 있고요. 소자는 이런 강화도를 적극 활용해야 한다고 생각합니다."

국왕의 용안이 어두워졌다.

"강화에 누가 있는지 아느냐?"

국왕이 누구를 지목하는지 원자가 바로 알아챘다.

"은언 숙부님이 계시는 것으로 아옵니다."

"그런 강화도를 어떻게 활용한단 말이냐? 아마도 강화도라는 말이 나오는 순간 조정은 또 한 번 큰 홍역을 치러야 할 게다. 왕대비마마는 물론이고 조정 대신들의 상소가 산을 이루는 건 두말할 나위가 없을 게다."

"아바마마께서는 숙부님을 누구보다 믿으시지요?"

국왕의 대답이 주저 없이 나왔다.

"물론이다. 은언 아우는 죄가 없다. 조카인 상계군의 일로 탄핵을 받았지만, 그 또한 역모의 도당이 추대했기 때문이었다. 그런데도 은언 아우를 조정에서 그냥 놔두지를 않는구나."

"조정의 주도권 싸움이 은언 숙부님을 자꾸 사지로 몰려는 것 같사옵니다."

"옳은 지적이다. 그래서 아비가 은언 아우를 끝까지 보호하려고 하는 거다."

"만일 그런 숙부님이 우리를 도와 왕실 상단을 관리하게 되면 어떻게 되겠사옵니까?"

국왕이 충격을 받은 표정을 지었다.

"왕실 종친이 장사를 한다고?"

"소자가 알기로 유럽의 왕가에서는 종종 왕자들도 사업에 뛰어듭니다."

국왕이 고개를 저었다.

"그건 서양의 일이다. 우리 조선도 그렇지만, 청국도 왕자가 장사를 하는 일은 없어."

"그래서 드리는 말씀입니다. 은언 숙부님은 늘 정쟁의 소용돌이에 휘말립니다. 그렇게 된 근본 원인은 그분이 아바마마의 혈육이기 때문입니다."

국왕이 바로 알아들었다.

"은언 아우의 격을 낮춰 쓸데없는 구실을 만들지 말자는 말이구나."

"그렇사옵니다. 그리고 그걸 아바마마께서 지시하여 만드셨다면……."

"명분을 중요시하는 조정 중신들이 더 이상 문제를 삼지 못하겠지."

"그럼에도 문제를 삼을 수는 있겠지요. 허나 아바마마께서 도성 출입을 금하도록 조치했다는 게 알려지면 지금과는 상황이 크게 달라질 겁니다."

국왕도 동조하다 이내 안색을 흐렸다.

"일리가 있는 말이다. 허나 은언 아우를 벌주려는 세력이 사람을 풀 가능성이 높다. 그러다 책잡을 거리를 찾아내면 왕실 상단도 문제가 생겨."

원자가 바로 말을 받았다.

"그러니 선포하십시오. 강화도를 왕실 직할령으로 만든다고요."

국왕의 용목이 한없이 커졌다.

"무엇이라고! 강화도를 왕실 직할령으로 만들어야 한다고?"

"그렇사옵니다. 강화도는 예로부터 도성 수비의 최전방입니다. 그런 강화도를 수비한다는 명분으로 장용영을 배치하는 겁니다. 그리고 섬의 출입을 철저하게 차단해서 외부와 격리하는 겁니다. 그런 뒤……."

원자의 설명이 이어졌다.

왕실 직할령이라는 말에 국왕은 크게 놀랐다. 그러다 이어지는 원자의 설명에 고개를 끄덕이며 동조하다 끝내는 손바닥으로 탁자를 쳤다.

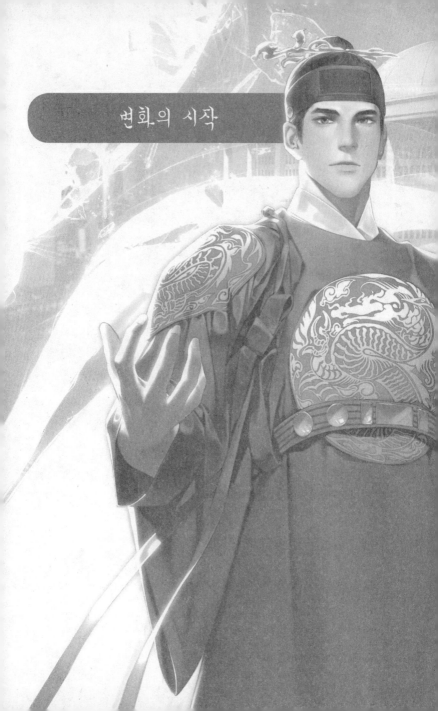

변화의 시작

"의외로 좋은 생각이구나. 서양과 교역하겠다면 분명 반대가 많을 거다. 그러나 강화도를 왕실 직할령으로 삼아 외부와 차단한다면 반대도 상대적으로 줄일 수 있겠구나."

원자가 맞장구쳤다.

"도성 방어를 핑계로 장용영 병력을 배치해 강화도를 군사 요새화하는 겁니다. 그렇게 장용영 병력을 분산 배치하면 조정도 반대하지 않을 겁니다."

국왕이 말을 받았다.

"맞는 말이다. 친위 병력을 분산하는 거여서 조정에서도 반대할 리가 없지."

이심전심이었다.

말을 맞추던 두 부자가 서로를 보고 환하게 웃었다.

두 사람은 새롭게 추진할 일에 대해 며칠 동안 머리를 맞대었다.

국내 문제와 대외 교역이 논의되었다. 이어서 친위군인 장용영의 육성과 강화도의 활용 방안에 대해서도 깊이 논의했다.

의견이 맞지 않은 부분도 있었다.

그때마다 놀랍게도 국왕은 원자의 의견을 대부분 수용해 주었다. 이러한 두 사람의 공모를 어느 누구도 감지하지 못했다.

　

며칠 후.

국왕과 원자는 동궁 자선재에서 두 사람을 접견했다. 이들은 관복을 입고 있었지만 긴장해서 온몸에 힘이 잔뜩 들어가 있었다.

상선이 소개했다.

"전하, 이 두 사람이 보부상의 도반수(都班首)와 경기도접장(都接長)이옵니다."

두 사람은 국왕에게 큰절을 네 번 했다. 그러고는 두 팔을 바닥에 대고 무릎을 꿇었다.

"누가 도반수이더냐?"

왼쪽에 있는 나이 많은 사내가 대답했다.

"소인이 보부상의 도반수로 있는 홍가 무원이라고 합니다."

"이름이 홍무원이라고?"

"예, 전하."

국왕이 오른쪽의 사내를 바라봤다.

"그러면 그대가 경기도접장이겠구나."

"경기도접장 김가 수철이라고 하옵니다."

"그렇구나."

원자가 질문했다.

"보부상의 조직이 체계적이라고 하던데, 어떤 식으로 되어 있나요?"

홍무원이 대답했다.

"소인이 말씀 올리겠습니다. 저희 보부상은 전국 어디든 가지 않는 곳이 없습니다. 그래서 몇 개의 군현을 임소(任所)가 담당합니다. 이 임소의 우두머리가 본방(本房)이옵니다. 이런 본방들의 대표가 접장(接長)이옵지요. 이런 접장 중 각 도를 대표하는 사람이 도접장(都接長)이옵니다. 이게 실무 조직입니다. 그리고 접장을 거친 자들 중에서 반수(班首)나 영위(領位)가 선출되고, 이들의 총수가 도반수(都班首)이옵니다."

국왕이 놀라워했다.

"의외로 체계가 잘 잡혀 있구나."

원자가 나섰다.

"그러면 실무는 도접장이 담당하고 도반수가 총괄한다고 보면 되겠네요."

"그렇사옵니다."

국왕이 확인했다.

"보부상이 전매하는 물목이 있지?"

홍무원이 다섯 가지를 설명했다.

"소금과 생선, 토기, 목기, 무쇠이옵니다. 이 모두가 태조 대왕께서 지정해 주신 물목이옵니다."

국왕도 인정했다.

"너희들이 개국에 지극한 공을 세운 덕이다. 그걸 태조께서 아시고 행상을 전담시킨 것이다."

"그렇사옵니다. 하해와 같은 태조대왕의 성은 덕분에 소인들은 개국 이후 지금까지 전국의 행상을 독점해 왔습니다. 덕분에 전국의 장시도 소인들에 의해 꾸려지고 있고요."

원자가 놀라 확인했다.

"전국의 모든 장시를 보부상이 독점하나요?"

"예, 마마."

"그러면 일반 백성들은 어떻게 물건을 내다 팔 수 있지요?"

홍무원이 몸을 낮추면서 설명했다.

"일반 백성들은 그들이 만든 짚신이나 남은 농산물을 가져와 저희들에게 교환을 해 갑니다."

원자의 목소리가 높아졌다.

"보부상이 장사를 못 하게 해서 그러는 건가요?"

홍무원이 펄쩍 뛰었다.

"아니옵니다. 백성들이 가져오는 물건의 양이 많지 않습니다. 그런 물건을 그냥 팔아서는 하루 품값도 벌기 힘듭니다."

"아! 보부상에게 넘기는 게 낫다는 말이군요."

"예, 그렇습니다. 일반 백성들이 나물이나 나무를 해다 파는 사람도 있지만, 그건 그대로 두고 있사옵니다."

국왕이 흐뭇하게 바라보다 나섰다.

"백성들이 넘기는 물건을 후려치지는 않겠지?"

홍무원이 장담했다.

"물론이옵니다. 소인들은 나라에서 공인해 준 보부상입니다. 그런 저희들이 백성들을 생각하지 않으면 누가 저희를 믿고 거래를 하겠사옵니까?"

원자가 다시 나섰다.

"양곡을 가져오는 백성들도 있나요?"

"추수철이 되면 꽤 나오는 편입니다."

"도성의 경우는 어떻지요?"

이 질문에 김수철이 설명했다.

"금난전권이 폐지되기 전에는 전안(廛案)에 등록된 싸전만이 양곡을 매매했었습니다. 그러나 지금은 양곡 거래가 자유로워서 누구나 곡식을 사고팔 수 있사옵니다."

"보부상도 양곡을 취급하나요?"

김수철이 고개를 저었다.

"아니옵니다. 저희들은 나라에서 인정한 전매품만 취급하고 있사옵니다. 그래서 백성에게서 받은 쌀은 모아서 싸전에 넘기옵니다."

이어서 원자는 보부상의 활동과 인원에 대해서도 질문했다. 두 사람은 질문에 성심껏 대답하면서도 얼굴에는 궁금증이 가득했다.

어느 순간 국왕이 나섰다.

"과인과 원자가 너희들을 부른 건 이 물건 때문이다."

국왕의 말이 끝나자마나 상선이 나섰다. 그리고 들고 있던 상자를 두 사람 앞에 내려놓았다.

"상자를 열어 봐라."

홍무원이 상자를 열다 깜짝 놀랐다.

"아니, 이 물건은?"

국왕이 질문했다.

"그 물건이 무엇인지 아느냐?"

"요즘 장안의 화제가 된 연필과 자동연필로 알고 있사옵니다."

"호오! 장안의 화제라고?"

"예, 전하."

홍무원이 시중에 도는 소문을 전했다.

국왕이 너털웃음을 터트렸다.

"허허허! 그렇게 소문이 많이 났단 말이더냐?"

"발 없는 말이 천 리를 간다고 했사옵니다. 전하께서 하사하신 필기구를 받은 조정 관리들이 하나같이 감탄해하고 있사옵니다. 그러면서 필기구를 만드신 원자 아기씨에 대한 칭송도 대단하옵니다."

원자가 궁금해했다.

"혹시 모방한 물건이 나오지는 않았고요?"

"다른 사람이 만들었다면 벌써 모방 물건이 나왔을 것이옵니다. 하오나 두 물건을 만든 분이 원자 아기씨라는 게 이미 알려져 있기 때문에, 아직은 누구도 손을 대지 못하고 있사옵니다."

"아직이라는 말은 머잖아 복제품이 나올 수 있다는 거로군요."

홍무원이 몸을 굽혔다.

"이토록 간편한 필기구가 어디 있겠습니까? 아마도 만드는 방식만 알면 상인들보다 권문세가에서 먼저 만들 것이옵니다."

"자신들 집안에서 쓰겠다고요."

"그렇사옵니다."

김수철이 부언했다.

"그뿐이 아니라 서원에서도 원노(院奴)를 이용해 만들려고 할 것이옵니다."

"아! 맞아. 서원도 있었지?"

홍무원이 조심스럽게 의견을 냈다.

"두 물건을 상의원의 장인들이 만드는 것으로 알고 있사옵니다. 소인이 봤을 때 그들만으로는 조정 수요도 제대로 감당할 수 없사옵니다. 시급히 대책을 강구함이 옳을 듯하옵니다."

국왕이 확인했다.

"너희들이라면 어떻게 하겠느냐?"

갑작스러운 질문에 두 사람은 당황했다. 그러나 이내 정신을 차린 홍무원이 몸을 숙였다.

"두 물건이 소인들의 것이라면 지금 당장 팔도에 공장부터 만들 것이옵니다. 그러면서 조정에 전매품으로 지정해 주실 것을 청원할 것이옵니다."

국왕이 큰 관심을 보였다.

"두 물건이 전매품이 될 수 있다고 생각하느냐?"

"물론이옵니다. 기존에 있던 물건이라면 신청조차 안 될 것이옵니다. 하오나 두 필기구는 세상에 없었던 물건입니다. 이런 물건은 전매품으로 지정이 되어도 피해를 보는 상인들이 없사옵니다."

"전매품이 되면 독점이 되어 폭리를 취할 수도 있지 않겠느냐?"

홍무원이 당당하게 밝혔다.

"저희는 그렇게 하지 않습니다. 여느 상인들이라면 도고(都賈)여서 막대한 폭리를 취할 것이옵니다. 하오나 저희 보부상은 나라가 공인해 준 행상이옵니다. 행상이 아무리 하찮고 작아도 나라에 누가 되는 일은 절대 하지 않사옵니다."

국왕이 파안대소를 했다.

"하하하! 과연 보부상이로다. 과인은 이전부터 보부상의 충성심과 근면성실함은 알고 있었다. 그런데 오늘 직접 보고 들으니 그 기상이 가상하기 짝이 없구나."

홍무원이 급히 몸을 숙였다.

"소인들을 좋게 봐 주셔서 황감하옵니다."

대화를 듣고 있던 원자가 나섰다.

국왕이 원자를 지그시 바라봤다. 원자가 또랑또랑한 목소리로 입을 열었다.

"두 사람에게 확인할게 있어요."

"하교하여 주시옵소서."

"그대들의 요청대로 필기구를 보부상 독점 물건으로 지정할 계획이에요. 가격은 왕실에서 적절히 통제를 할 거고요. 그 대신 수익의 일정 부분을 왕실에 납부해야 합니다. 이런 조치를 보부상이 따를 수 있겠어요?"

홍무원의 눈이 커졌다.

"조정이 아니고 왕실에 납부를 하옵니까?"

"그래요. 이번에 왕실에서 직할 상단을 만들 겁니다. 그렇게 신설된 직할 상단이 필기구의 유통을 관리할 것이고요."

홍무원이 곤혹스러워했다.

"왕실이 직할 상단을 만들면 기존 상단이 크게 반발할 것이옵니다."

원자가 고개를 저었다.

"크게 문제 될 건 없어요."

원자가 왕실 상단의 설립 취지와 역할에 대해 설명했다. 설명을 들은 홍무원이 크게 고개를 끄덕였다.

"그래서 소인들의 보부상이 필요한 거로군요."

"맞아요. 앞으로 왕실 상단은 신제품을 계속 만들어 나갈 예정이에요. 그런 물건들의 대부분을 보부상의 독점 물건으로 지정할 것이고요."

홍무원이 문제점을 지적했다.

"그리해 주시면 소인들이야 더없이 좋습니다. 하지만 새로운 물건이 계속 늘어나면 기존 상단의 상거래가 위축될 우려가 많습니다. 그리되면 그들이 반발할 가능성이 높사옵니다."

원자가 다시 고개를 저었다.

"그 점은 걱정하지 않아도 돼요. 신제품으로 인해 기존 상단이 문제가 될 때가 분명 올 겁니다. 그러면 그들에게 다른 제안을 할 것이어서, 보부상들은 주어진 역할만 충실하면 됩니다."

김수철이 나섰다.

"소인들은 지금도 그렇지만 앞으로도 무조건 왕실을 지지하고 따를 것이옵니다. 그러니 조금도 걱정하지 않으셔도 되옵니다."

개혁군주

홍무원도 거들었다.

"김 접장의 말대로입니다. 왕실이 저희 보부상을 버리지만 않으시면 언제까지라도 견마지로 하겠사옵니다."

국왕이 나섰다.

"걱정 마라. 과인과 우리 왕실은 너희들을 절대 버리지 않을 거다."

두 사람이 벌떡 일어났다.

"저희 보부상은 죽음으로써 왕실을 지켜 내겠사옵니다."

그러고는 큰절을 했다. 국왕이 그 모습을 흐뭇하게 바라보며 몇 번이고 고개를 끄덕였다.

"보부상의 본점은 어디에 있느냐?"

홍무원이 대답했다.

"마포나루 객주에 있사옵니다."

"홍 도반수가 객주란 말이더냐?"

"그렇사옵니다. 그리고 김 도접장이 관리하는 경기도 임소는 서대문 밖 경기감영 사거리에 있사옵니다."

"알았다. 너희들은 돌아가거든 조직을 소집해 오늘의 일을 알리도록 해라."

"소문을 내지 말아야 하옵니까?"

국왕이 고개를 저었다.

"그럴 필요는 없다. 하지만 쓸데없는 말이 돌게 할 이유도 없겠지."

"무슨 말씀인지 알겠사옵니다. 돌아가면 즉각 사발통문을 돌려 팔도 도접장을 모두 불러들이겠사옵니다."

원자가 지적했다.

"그리고 팔도에 세울 공장 자리도 빨리 확보를 해야 합니다."

"그 부분도 사발통문에 함께 올려서 돌리겠사옵니다."

국왕이 정리했다.

"왕실도 서둘러 직할 상단을 조직할 것이다. 그러니 거기에 늦지 않게 너희들도 움직이도록 해라."

"명심하겠사옵니다."

"오늘은 그만 돌아가도록 해라. 준비가 되는 대로 다시 통보를 하마."

두 사람이 다시 네 번 절을 하고는 공손히 물러났다. 그들이 나가자 국왕이 원자를 바라봤다.

"네가 보기에 어떠한 거 같으냐?"

"기대 이상이옵니다. 보부상의 왕실에 대한 충성심이 이토록 높을 줄 몰랐사옵니다."

"과인이 봐도 그러하구나. 저만하면 본래 계획대로 시행해도 문제가 없을 거 같더구나."

"소자도 그렇게 생각되옵니다."

"좋다. 그러면 너는 수빈(綏嬪)에게 도움을 요청하도록 해라. 아비는 삼정승을 만나 강화유수와 왕실 직할령 선포 문제를 논의하마."

"예, 아바마마."

대답을 마친 부자가 동시에 일어났다. 동궁을 나온 원자는 그길로 창경궁의 생모를 찾았다.

수빈 박 씨는 원자를 크게 반겼다.

"오! 우리 원자가 어인 일이더냐?"

"일이 있어 잠깐 들렀사옵니다."

방 안에는 동생인 숙선옹주(淑善翁主)가 모후와 함께 앉아 있었다. 원자가 다가가자 숙선옹주가 먼저 아는 척을 했다.

"오라버니."

"숙선아! 잘 놀고 있었어."

"아니. 오라버니가 보고 싶었어."

"오! 그랬어?"

원자가 옹주에게 다가갔다. 그러자 옹주가 벌떡 일어나 원자에게 안겼다.

그 모습을 본 수빈이 웃었다.

"호호! 우리 옹주가 오라버니를 많이 보고 싶었나 보구나."

옹주가 어리광을 부렸다.

"오라버니는 요즘 왜 자주 안 와?"

"오라버니가 요즘 공부를 시작했거든. 그래서 시간을 낼 수가 없어. 새벽하고 저녁에 오면 너는 먼저 자잖아."

옹주가 입을 삐죽 내밀었다.

"피! 오라버니는 숙선이 보고 싶지도 않았나 봐."

원자가 동생을 다독였다.

"미안해. 앞으로 자주 내려오도록 할게."

옹주가 눈을 빛냈다.

"정말이지? 약속한 거야?"

"그래."

원자의 약속에 숙선옹주는 까르르 웃으며 유모에게로 갔다. 흐뭇하게 그런 모습을 바라보던 수빈이 궁금해했다.

"무슨 일이 있는 거냐?"

"상의드릴 일이 있사옵니다."

"무엇인지 말해 봐라. 어미가 도와줄 수 있는 일이라면 무엇이든지 하마."

"큰 외숙께서는 요즘 어떻게 지내고 계시나요?"

"큰오라버니는 네가 동궁으로 올라가고 난 뒤 사옹원 주부가 되었다."

사옹원(司饔院)은 궁중음식을 관장하는 부서다. 이런 사옹원의 주부는 종6품으로 실무를 담당한다.

"사옹원 주부시면 대궐을 매일 출입하시겠네요."

"그렇지. 그런데 외숙은 왜?"

"소자가 아바마마와 추진하는 일이 있사옵니다. 그 일에 대해 부탁드릴 일이 있어서요."

수빈 박 씨의 눈이 커졌다. 원자가 나이에 비해 말을 너무 또렷이 했기 때문이다.

"전하와 함께 일을 도모하는 게 있다니. 근래 들어 원자가 총명해진 것은 알고 있었는데, 말까지 이렇게 잘할 줄은 몰랐구나."

원자가 대충 얼버무렸다.

"아바마마와 많은 토론을 하다 보니 저도 모르게 말이 늘었사옵니다."

수빈 박 씨가 환하게 웃었다.

"어쨌든 말을 잘하니 참으로 보기 좋구나."

"황감하옵니다."

"오라버니는 어미가 사옹원에 연락할 터이니 가서 기다리도록 해라."

"예, 어마마마."

대답을 한 원자가 일어나려고 했다. 그 모습을 본 숙선옹주가 벌떡 일어나 달려왔다.

"오라버니, 저하고 놀아요."

원자는 난감했으나 이내 고개를 끄덕였다.

"그래, 우리 나가서 놀자."

"네, 좋아요."

원자가 숙선의 손을 잡고 방을 나갔다. 수빈은 흐뭇하게 그 모습을 바라보다, 옆에 있던 상궁에게 지시를 내렸다.

"자네는 사옹원에 가서 오라버니를 모시고 오게."

"예, 마마."

수빈 박 씨가 머물고 있는 전각은 영춘헌(迎春軒)이다.

후궁들의 거처인 이 전각은 여러 개의 방이 모여 있었으며, 중정(中庭)도 이중으로 되어 있다. 수빈 박 씨는 이런 권역의 본채에 머무르고 있었다.

원자는 옹주와 본채의 앞마당으로 내려왔다.

마당에 내려선 옹주는 맑게 웃었다.

"아하하!"

옹주는 웃으며 온 마당을 뛰어다녔다. 그런 옹주가 다칠세라 궁녀들은 어찌할 바를 모르며 뒤를 따라 몰려다녔다.

"옹주마마! 뛰시면 아니 되옵니다."

원자도 걱정이 되어 주의를 주었다.

"옹주야, 위험하니 너무 뛰지 마라."

그러나 옹주는 마냥 해맑게 웃으며 온 마당을 뛰어다녔다. 그러던 옹주가 원자에게 달려와서는 손을 잡고 같이 놀자고 했다.

원자도 그런 옹주의 손을 잡고서 뛰었다. 옹주는 더 크게 웃으며 팔까지 벌리며 뛰었다.

"아하하!"

한동안 그렇게 옹주와 놀아 준 원자가 동궁으로 올라왔다.

그리고 얼마 후.

"원자 아기씨, 사옹원 주부께서 드셨사옵니다."

"어서 드시라 하세요."

문이 열리고 외숙이 안으로 들어왔다.

원자의 외조부는 박준원(朴準源)이다. 그의 집안은 반남 박씨로 명문이다.

본래 여주에 살았던 그는, 어느 해 수해로 전답을 모조리 잃어버렸다. 어쩔 수 없이 한양으로 올라와 육촌인 금성위(錦城尉) 박명원에 몸을 기탁했다.

그러던 중 박명원의 도움으로 셋째 딸이 후궁으로 간택되었다. 이 딸이 수빈으로 입궐한 다음 해 원자를 낳았다. 박준원의 벼슬도 이때부터 시작되었다.

이런 박준원의 큰아들이 박종보(朴宗輔)로 서른다섯 살이다. 그도 진사시는 합격했으나 과거 급제를 못해 음서로 관직에 올라 있었다.

"저를 찾으셨다고요."

"어서 오세요, 외숙. 우선 앉으세요."

박종보가 좌정하며 확인했다.

"수빈마마로부터 놀라운 말을 들었습니다. 원자께서 주상 전하와 함께 추진하는 일이 있다고요."

"예, 그래요. 이번에 아바마마와 새로운 일을 하려고 해요."

"무슨 일인지 말씀해 주실 수 있습니까?"

원자가 국왕과 추진하게 될 사업을 설명했다.

"……그래서 보부상을 관장할 사람이 필요합니다. 아울러 송상(松商)과도 긴밀히 협조를 해야 할 일도 맡아야 하고요."

박종보의 눈이 더없이 커졌다.

"왕실이 직접 나서서 보부상을 관리하고 대외 교역도 나선다고요?"

"예, 맞아요."

박종보가 부정적인 말을 했다.

"말도 안 되는 일입니다. 어떻게 왕실이 상단을 운영한단 말씀입니까?"

원자가 박종보를 똑바로 바라봤다.

"말이 왜 안 되지요?"

의외의 반문에 박종보는 순간 말문이 막혔다.

그러다 이내 원자의 나이를 생각하고는 가르치는 기분으로 대답했다.

"왕실은 나라의 주인입니다. 만백성이 우러러보고 존경하고 있고요. 그런 왕실이 천한 상단을 운영한다면 백성들이 어떻게 보겠습니까?"

원자가 고개를 저었다.

"외숙께서 잘못 생각하고 계시네요. 상업이 왜 천하다고 생각하십니까? 공자께서도 상업이 천시하지 않았어요. 그래서 상인인 자공(子貢)을 수제자로 들였고요."

박종보가 크게 놀랐다.

"원자 아기씨께서 그런 것도 아십니까?"

"예, 아바마마께서 가르쳐 주셨어요."

"자공이 상업을 해서 축적한 부로 공자를 도운 건 맞습니다. 그러나……."

원자가 말을 끊었다.

"외숙, 그만하세요."

박종보의 안색이 붉어졌다.

박종보는 원자가 탄생하고 몇 년 동안 직접 돌봤었다. 그래서 심중으로는 누구보다 원자를 잘 안다고 생각해 왔었는데, 잠깐 보지 못한 사이 너무도 변해 있었다.

원자가 그를 다독였다.

"말을 끊어 미안합니다."

박종보의 안색이 더 붉어졌다. 처음에는 자존심이 상했는데, 사과를 받으니 그게 더 부끄러웠다.

"아닙니다. 제가 공연한 논쟁을 하려 했습니다."

원자가 차분히 설명했다.

"지금 추진하는 일은 모두 아바마마와 협의를 마친 거예요. 아바마마께서 군사를 자임한다는 걸 외숙도 잘 아시지요?"

"그렇습니다."

"그런 아바마마께서 상업의 귀천을 모르고, 조정이 어떻게 나올 거라는 걸 모르고 일을 추진하시겠어요?"

"……그렇기는 합니다."

"아바마마께서는 나라를 대대적으로 개혁하고 싶어 하세요. 그런데 개혁을 추진하려면 반드시 넘어야 할 산이 있어요."

"개혁에 반대하는 조정 대신과 권문세가들이 문제지요."

"맞아요. 그들은 개혁을 바라지 않아요. 지금 이대로도 충분히 권력을 누리고 있기 때문이지요. 그런 그들이 자신의 권력이 약화될 개혁에 동조한다는 건 어불성설이에요. 그래서 아바마마와 제가 고심 끝에 생각해 낸 계획이 밖으로부터 변화를 시작하자는 거였어요."

박종보는 한동안 원자의 설명을 듣기만 했다. 그러던 그가 길게 한숨을 내쉬었다.

"후! 그랬군요. 이 일에 그런 심모원려가 있었을 줄 몰랐습니다."

"외숙이기 때문에 말씀을 드리는 겁니다."

박종보가 다짐했다.

"걱정 마십시오. 어떤 일이 있더라도 말이 밖으로 새어 나가지는 않을 것입니다."

"고마워요, 외숙. 어떻게, 저를 도와주시겠어요?"

박종보가 웃음을 지었다.

"하하하! 엄청난 비밀을 들었는데 어찌 나서지 않을 수가 있겠습니까? 말씀하십시오. 무엇이든지 제가 앞장서겠습니다."

"고마워요, 외숙."

원자가 연필과 종이를 꺼냈다.

"왕실은 보부상을 관리할 조직을 별도로 세울 겁니다. 그렇게 세워진 조직은 보부상뿐이 아니라 신제품을 생산하고

개혁군주

관리하게 됩니다."

"신설되는 상단이 직접 장사를 하지는 않는군요."

"나중은 어떨지 몰라도, 지금 당장은 생산 관리와 보부상 관리가 주력입니다."

"해외 교역은 어떻게 합니까?"

"해외 교역을 위해서는 청국과 일본의 동의를 얻어야 합니다. 그래서 우선은 양국 조정에 먼저 특사를 파견해야 합니다."

"청국은 그렇다지만 일본이 문제가 되겠군요. 우리와의 교역을 독점하고 있는 대마도가 분명 반발하지 않겠습니까?"

"그렇겠지요. 하지만 이제부터 시작할 교역은 그들이 감당할 수준이 아닙니다."

"그러면 초량왜관은 어떻게 합니까?"

"당분간은 그대로 둘 생각입니다."

박종보가 고개를 갸웃했다.

"일본 본토와 직교역을 시작하면 왜관은 유명무실해지는데, 그걸 그대로 둔다고요?"

"일본이 숨구멍으로 열어 놓은 곳이 나가사키지요. 본국은 그런 나가사키에 초량왜관과 같은 면적을 제공받으려고 해요."

박종보가 크게 고개를 끄덕였다.

"그러려면 당분간 초량왜관을 존치해 놓는 것이 좋겠군요."

"맞습니다. 그리고 왜관을 폐쇄하면 대마도가 당장 어려움에 처하는 것도 문제이고요."

"그건 그렇습니다. 대마도는 본국과의 교류가 없으면 자생할 수 없는 섬이지요."

원자가 자신의 생각을 슬쩍 흘렸다.

"그런 섬을 언제까지 일본 땅으로 놔둘 수는 없겠지요."

박종보가 크게 놀랐다.

"대마도를 점령할 생각이십니까?"

원자가 웃었다.

"생각이 그렇다는 겁니다. 당장은 우리의 군사력이 약해서 하고 싶어도 못합니다."

"으음!"

원자가 웃었다.

"하하하! 외숙, 너무 심각하게 생각하지 마세요."

박종보가 심각하게 설명했다.

"일본은 결코 얕잡아볼 나라가 아닙니다. 대마도를 공략할 계획이 있으시다면, 철저하게 준비를 갖추기 전까지는 절대 자중해야 합니다."

"당연히 그래야지요. 제가 한 말은 나중에 그럴 기회가 있다면 추진해 보겠다는 거예요. 우리는 지금 일본과 교역을 하려는 거지 전쟁을 하려는 게 아닙니다."

원자가 말을 돌렸다.

"외숙께서 바로 하실 일이 있습니다."

"무엇을 하면 되겠습니까?"

"먼저 마포나루 객주로 가서 보부상 도반수를 만나세요. 그리고 송상 대행수를 접촉해 입궐시키도록 하세요."

"알겠습니다."

박종보가 인사를 하고 나갔다. 그를 내보낸 원자가 짧게 한숨을 내쉬었다.

"후우! 외숙이 대놓고 부정적인 말을 할 정도로 왕실 상단이 문제가 되겠네. 앞으로 이런 반대를 어떻게 헤쳐 나가야 할지 걱정이구나."

＊

다음 날.

박종보가 자선재로 사내를 데리고 왔다. 사내가 자신을 소개하고는 큰절을 했다.

"인사드리겠습니다. 송상 대방(大房) 전가 우현이라고 합니다."

절을 마친 사내가 무릎을 꿇었다.

"어서 오세요. 우선 자세부터 바로 하세요."

"황감하옵니다."

원자가 좌정을 한 전우현을 바라봤다. 오십 대로 보이는 전우현은 의외로 단아해 학자처럼 보였다.

원자가 먼저 인사했다.

"단아하셔서 상인으로 보이지가 않네요."

전우현이 자신을 낮췄다.

"천한 상인에게 과찬이십니다."

원자가 고개를 저었다.

"나는 상업을 천시하지 않아요. 그러니 앞으로는 자신을 낮추는 말은 하지 않았으면 좋겠네요."

전우현의 눈이 빛났다. 그는 처음보다 더 정중히 몸을 숙였다.

"황감하옵니다. 원자 아기씨의 총명함이 하늘에 닿았다고 하더니, 오늘 소인이 새로 눈을 뜬 거 같사옵니다."

"내 소문이 그렇게 났어요?"

"예, 얼마 전에 공표된 법원과 감사원 설립, 거기에 부정부패방지법의 입안에 큰 역할을 했다는 소문을 모르는 사람이 없사옵니다."

"그랬군요."

"그런데 어인 일로 소인을 부르신 것이옵니까?"

원자가 본론으로 들어갔다.

"송상에서 인삼을 독점하고 있다지요?"

"한양에 근거를 둔 경상(京商)도 일정 부분 재배하기는 합니다. 그런 물량을 제외한 인삼을 송상이 관장하는 건 맞습니다."

"인삼 재배는 개성에서만 하나요?"

"그렇지 않사옵니다. 소백산이 있는 풍기에서도 인삼 재배가 성행하고 있사옵니다."

"다른 곳은요?"

"아직은 없사옵니다."

원자가 고개를 끄덕이다 다시 질문했다.

"청국과 일본으로 판매되는 인삼은 얼마나 되지요?"

전우현이 아쉬운 표정을 지었다.

"이전에는 많은 양의 인삼이 청국으로 넘어갔습니다. 그러나 양이의 나라인 미국에서 화기삼이 대량으로 넘어오면서 거래되는 물량이 급격히 줄어들었사옵니다."

"언제부터 그랬지요?"

"대략 사오십 년 되었사옵니다."

"꽤 되었군요. 그러면 가격도 이전보다 많이 떨어졌겠네요?"

원자의 질문에 전우현의 눈빛이 변했다.

"원자 아기씨께서 상행의 원리를 아시다니 놀랍군요. 그렇사옵니다. 청국과의 거래가 없다 보니 인삼 가격이 거의 절반 가까이 떨어진 상태이옵니다."

원자가 말을 돌렸다.

"일본은 사정이 어떤가요?"

전우현의 안색이 더 흐려졌다.

"본국 인삼은 일본에서 만병통치약으로 알려져 있었습니다. 그래서 해마다 엄청난 양의 인삼이 거래되었었지요."

"지금은 아니라는 말이네요?"

전우현이 한숨을 내쉬었다.

"후! 그렇사옵니다. 일본 막부는 인삼으로 인해 유출되는 은을 막기 위해 노력했습니다. 그런 와중에 본국의 인삼 종자를 은밀히 들여가 재배에 성공했고요. 그로 인해 100여 년 전부터 거래가 거의 끊긴 상황이옵니다."

"재배에 성공했어도 약효는 차이가 많을 텐데요."

"그렇기는 합니다. 그래서 거래가 조금은 살아났지만, 이전처럼 활발하지는 않습니다."

"대마도가 중간에 끼어 있어서 그런 거 아닌가요?"

전우현이 격하게 공감했다.

"옳은 지적이시옵니다. 일본과의 교역은 우리 송상이 할 수 없사옵니다. 그 바람에 인삼 값이 좀체 자리를 잡지 못하는 형편입니다."

"동래상인처럼 몇 단계로 나뉘는 거래 과정도 문제겠네요."

전우현이 놀라워했다.

"원자 아기씨께서 상인들의 거래 방식을 아시옵니까?"

원자가 말을 돌렸다.

"그건 그렇고요. 홍삼은 가공하지 않나요?"

전우현의 눈이 더 커졌다.

"홍삼도 알고 계시옵니까?"

원자가 피식 웃었다.

"왜 이렇게 놀라지요? 홍삼을 내가 알면 안 되는 일이라도 있나요?"

전우현이 서둘러 대답했다.

"그렇지는 않사옵니다. 홍삼은 보통 사람들은 잘 모르는 물건인데, 그걸 원자 아기씨께서 알고 계셔서 놀란 것이옵니다."

"그렇군요. 어쨌든 가공이 가능한가요?"

"가능은 합니다만, 아직 제대로 된 수율이 나오지 않습니다. 그로 인해 가공할 때마다 폐기하는 물량이 너무 많은 게 문제입니다."

"가공 기술이 부족하다는 말이군요. 그러면 개성에서 가공을 하겠네요."

"그렇사옵니다."

원자가 확인했다.

"만일 홍삼을 대량으로 가공해 청국·일본과 교역을 하면 제값을 받을 수 있겠어요?"

전우현의 대답이 바로 나왔다.

"물론입니다. 효능은 우리 인삼이 천하제일입니다. 그런 인삼을 대량으로 홍삼을 만들 수만 있다면 판매는 전혀 걱정하지 않아도 됩니다."

"그렇게 장담하는 이유가 있나요?"

"청국은 기름진 음식을 많이 먹습니다. 그래서 백삼은 자칫 문제를 일으킬 수 있지요. 반면에 홍삼은 그런 걱정을 전혀 하지 않아도 되고 약효도 훨씬 뛰어납니다."

"그렇군요. 청국, 일본 말고 다른 나라도 팔 수 있다는 말이군요."

"직접 교역해 보지 않아 확답은 드리지 못합니다. 하오나 판매는 어렵지 않다고 생각합니다. 소인이 듣기로 남방의 안남(安南)에서는 우리 인삼을 천하 귀물로 여긴답니다. 그래서 국왕이 신하들에게 특별히 하사할 정도라고 합니다."

원자가 큰 관심을 보였다.

"그런 나라와 교역을 할 수만 있다면 큰 수익을 볼 수 있겠네요."

"그렇사옵니다. 하오나 우리 조선은 쇄국정책이 국시여서 타국과의 교역이 금지되어 있는 게 현실이옵니다."

원자가 전우현을 똑바로 봤다.

"상인은 입이 무거워야 한다고 들었어요. 송상 대방이니 이런 믿음을 저버리지 않겠지요."

전우현의 등줄기가 서늘해졌다.

'놀랍구나. 나이 어린 분이 어떻게 이렇게 강단 있게 말씀을 한단 말인가. 비밀을 지키지 않으면 송상까지 책임을 묻겠다는 말을 서슴없이 하고 계시잖아.'

생각은 이렇게 하면서 몸은 절로 움직여 무릎을 꿇었다.

"소인은 상인입니다. 상인의 가장 큰 자산은 신뢰인데, 소인은 아직까지 그걸 무너트린 적이 없사옵니다."

원자가 고개를 끄덕였다.

"그 말이면 되었어요. 그러니 그만 좌정하세요."

전우현이 다시 편하게 앉았다.

이때부터 원자는 왕실 상단과 대외 교역 등을 설명했다. 긴장해서 설명을 듣던 전우현의 표정은 시간이 지날수록 무거워졌다.

설명이 끝났지만 전도현은 쉽게 입을 열지 못했다. 자칫 잘못하다간 송상이 큰 피해를 입을 수 있다고 생각이 들었기 때문이다.

옆에서 지켜보던 박종보가 나섰다.

"송상 대방은 왜 말이 없으신가?"

재촉을 받고서야 그가 길게 한숨을 내쉬었다.

"후! 너무도 엄청난 일이군요. 아쉽게도 소인이 감히 뭐라고 말씀을 드릴 수가 없사옵니다."

완곡한 거절을 했다.

원자는 애초부터 그가 쉽게 동참하리란 생각은 하지 않았다. 그러나 이런 식으로 대놓고 거절할 거라고는 생각지 못했다.

"왕실에서 추진하는 일이에요."

원자가 완곡하게 참여를 독려했다. 그러나 전우현은 조금의 고민도 없이 바로 대답했다.

"황공하오나 저희 송상은 가진바 역량이 크게 부족하옵니다."

이전보다 더 강하게 거부했다. 원자는 그가 이렇게 쉽게 거절하는 이유를 짐작했다.

'이 사람이 지금 내가 어리다고 이러는 거잖아.'

원자는 순간 기분이 불쾌했다. 그러나 겉으로는 전혀 내색하지 않고 고개를 끄덕였다.

"그렇군요. 이제부터는 인삼이 전매품으로 지정될 거예요. 그래서 철저하게 나라의 관리를 받게 될 거예요."

전우현의 안색이 하얗게 변했다.

"인삼을 전매품으로 지정하시다니요. 인삼은 송상이 수백 년을 이어 오면서 재배해 온 물건입니다. 그런 인삼을 전매품으로 지정하는 건 송상을 죽이는 거나 다름없는 처사이옵니다."

원자가 어이없어했다.

"인삼을 왕실에서 적당한 값을 매겨 매입하는 게 뭐가 문제가 되지요?"

전우현이 흠칫했다.

"적당한 값으로 매입을 하신다고요?"

"그래요. 혹시 그동안 폭리를 취하고 있었나요?"

전우현이 황급히 손을 내저었다.

"아닙니다. 그러지 않았습니다."

"그런데 왜 이렇게 반발하는 거예요? 혹시 인삼 재배법을 송상이 개발한 건가요?"

"그, 그건 아닙니다."

원자가 매섭게 추궁했다.

"아니면. 송상이 인삼을 독점하라고 정부에서 면허를 내준 사실이 있나요?"

전우현의 이마에서 식은땀이 흘렀다.

"그것도 아닙니다."

원자가 지그시 노려봤다.

"그것도 아니면, 송상이 인삼을 독점하라고 뒷배를 봐주는 조정 대신이 있는 건가요?"

전우현은 다시 무릎을 꿇을 수밖에 없었다. 그는 몸을 완전히 바닥에 대며 외쳤다.

"절대, 절대 그런 일은 없사옵니다!"

원자의 목소리는 더 차가워졌다.

"그게 아니라면 어떻게 이렇게 쉽게 반대할 수 있는 거지요? 그것도 다른 사람이 아닌 원자인 내 앞에서요. 그대는 지금 나이가 어리다고 원자인 나를 얕보는 건가요?"

매서운 질책에 전우현의 몸이 절로 떨렸다.

사람을 얻다

　원자의 나이가 아무리 어려도 말을 조심했어야 했다. 그런데 결정적인 순간 그만 실수했다는 생각에 눈앞에 캄캄해졌다.

　이런 상황에서 말 한마디 삐끗하면 자신도 송상도 그대로 나락이었다. 온갖 풍파를 다 겪었지만 원자의 능수능란한 질책에 정신이 없었다.

　그가 떨리는 목소리로 강변했다.

　"아니옵니다. 소인은 조금도 그런 삿된 생각을 하지 않았사옵니다. 믿어 주시옵소서."

　원자가 차갑게 질책했다.

　"실망이네요. 나는 송상이 여느 상단보다 뛰어나다고 생각했어요. 그런 송상이라면 왕실이 진행할 과업에 서슴없이 동참할 거라 기대했어요. 그리되면 송상은 왕실과 함께하며 수많은 일을 주도했을 터인데, 안타깝네요."

원자가 잠시 말을 끊고 전우현을 바라봤다. 그런 시선을 느낀 전우현의 몸이 절로 떨렸다.

"송상 대방이란 사람의 배포와 안목이 이것밖에 안되었다니 아쉽네요. 시류가 어떻게 흘러갈지 파악도 못 하고, 작은 이익에 눈이 어두운 사람이었다니 실망이에요."

원자가 대놓고 상대를 무시했다. 그 말을 들은 전우현은 아찔한 기분이 들었다.

"……화, 황공하옵니다. 소인은 그저 전매라는 말씀에 놀랐을 뿐이옵니다."

원자가 말을 잘랐다.

"되었어요, 외숙."

묵묵히 듣고만 있던 박종보가 나섰다.

"하교하십시오."

"곧 어명으로 왕실 상단인 상무사(商務社)가 설립됩니다. 그 상무사에 팔도보부상 전부가 소속됩니다."

"아! 왕실 상단의 이름을 상무사로 정하셨군요."

"그래요. 아바마마께서 그리 정했어요. 외숙께서는 상무사가 들어설 자리를 알아보세요. 그리고 사람을 풀어 풍기와 개성 일대의 삼밭을 모조리 조사하세요. 필요한 경비는 내수사에 청구하시면 됩니다."

"예, 아기씨."

전우현이 급히 질문했다.

"원자 아기씨, 인삼밭을 조사하시는 연유를 알고 싶사옵니다."

원자가 싸늘하게 바라봤다. 그 시선에 전우현의 목이 자라목처럼 움츠러들었다.

"앞으로 인삼은 전매품이 된다고 했잖아요. 그래서 수매해야 할 물량이 어느 정도가 되는지 미리 조사를 하는 거예요."

"그, 그렇군요."

"외숙."

"예, 원자 아기씨."

"송상과 경상에 사람을 보내 인삼 씨앗을 대량으로 확보하세요."

전우현의 안색이 하얗게 탈색되었다.

"인삼 씨앗은 송상이 근간이나 다를 바 없는 물건이옵니다. 그런 물건을 달라는 말씀이옵니까?"

"그냥 달라는 게 아니에요. 다 적정한 값을 주고 구입할 거예요."

"그래도……."

원자가 말을 잘랐다.

"인삼을 재배하면 해마다 그 씨앗을 따로 받아 내어서 보관하지 않나요?"

"그렇기는 합니다."

"그런 인삼 씨앗을 구입하겠다는데, 그것도 협조를 못해 주겠다는 거예요?"

전우현은 침을 꿀꺽 삼켰다. 원자의 말은 높지 않았으나 거역하지 못할 위엄이 담겨 있었다.

"인삼 씨앗을 어디에 쓰려고 하시옵니까?"

원자가 바로 대답했다.

"왕실에서 직접 재배할 거예요."

전우현의 표정이 묘하게 변했다. 그는 자부심 가득한 목소리로 우려했다.

"인삼 재배는 아주 어렵사옵니다. 그래서 저희 송상도 재배 기술만큼은 대대로 비전되어 왔고요. 그런 인삼을 경험도 없는 왕실이 어떻게 재배하신단 말씀입니까?"

원자가 피식 웃었다.

"전 대방은 인삼 재배를 송상만이 할 수 있다고 생각하나 보군요."

"그렇지는 않사옵니다. 방금 말씀드린 대로 풍기에서도 삼은 재배되고 있사옵니다. 하오나 그들도 재배 기술은 비전으로 전하고 있사옵니다."

원자는 슬쩍 웃었다. 그러면서 탁자 아래에서 작은 책자 한 권을 꺼냈다.

"정음을 읽을 줄 알지요?"

"언문 말씀이옵니까?"

"그래요."

"알고 있사옵니다."

"이걸 읽어 보세요."

책자를 건네받은 전우현이 크게 놀랐다

《인삼 재배법》

놀란 전우현이 원자를 바라봤다. 원자는 말없이 책자를 읽어 보라 손짓을 했다.

전우현이 책장을 넘겼다. 그러던 그는 이내 손을 떨면서 책장을 넘겼고, 끝내는 탄성을 터트렸다.

"아아!"

원자는 가만히 그를 바라봤다.

탄식하던 전우현은 책자를 재차 정독했다 그렇게 한 번 더 읽은 그는 떨리는 목소리로 입을 열었다.

"이, 인삼 재배법을 어디서 구하신 것이옵니까?"

박종보가 호통을 쳤다.

"지금 뭐 하는 있는 겐가? 감히 원자 아기씨를 추궁하다니? 한 번도 아니고 벌써 몇 번이나 실수를 반복하고 있어. 정녕 그대가 물고를 당하고 싶어서 이러는 겐가?"

전우현이 황급히 고개를 저었다.

"아니옵니다. 절대 그렇지 않사옵니다."

"허면 왜 이리 실수를 연발하는 거야?"

"너무 놀라, 너무 놀라서 그렇사옵니다."

전우현이 책자를 보며 설명했다.

"이 책자에는 우리 송상이 알고 있는 인삼 재배법이 고스란히 기록되어 있사옵니다. 개갑 관리(開匣管理)와 파종 방법은 소인들만이 아는 고유한 방식이온데, 그게 여기에 기록되어 있사옵니다."

원자가 나섰다.

"인삼은 관리와 파종 방법이 여느 작물과 다르지요. 그 방식만 제대로 알면 인삼 재배는 결코 어렵지 않아요. 그리고……."

이어서 원자가 몇 가지 맥을 짚었다.

전우현은 하늘이 노래지는 기분이었다.

"맞사옵니다. 다른 절차는 별로 어렵지 않으나, 종자의 관리와 파종 방법이 핵심이옵니다."

"상무사가 재배하는 인삼은 시중에 팔지 않을 거예요. 왕실과 조정에서 사용하는 일부를 제외하면 홍삼으로 만들 거예요. 그렇게 가공된 홍삼은 전량 해외로 수출할 거고요."

전우현의 안색이 조금 펴졌다.

"그러시면 상무사가 수매하는 인삼도 전부 홍삼으로 가공하실 겁니까?"

원자가 고개를 저었다.

"전부는 아니에요."

"그러시면 어떻게?"

"등급을 정해 수매를 할 겁니다. 그러면 등급 내의 물건만 수매를 하게 됩니다."

전우현의 안색이 펴졌다.

"그러면 수매되지 않은 등급 외의 물건은 저희들이 따로 팔아도 된단 말씀이군요."

"그래요. 앞으로 상무사가 수매를 하면 송상은 한 번에 목 돈을 쥐게 되니 자금 유통에 한결 도움이 될 거예요."

전우현이 자책했다.

"아! 소인은 그것도 모르고 공연히 원자 아기씨의 심기를 어지럽혔사옵니다. 참으로 송구하기 그지없습니다."

원자가 슬쩍 부추겼다.

"잘못을 아시면 그에 합당한 일을 해 주면 되지요."

"저희 송상이 왕실이 추진하는 일에 참여하면 되옵니까?"

원자가 고개를 저었다.

"신뢰를 잃으면 쉽게 회복하지 않는 법이에요. 그대들은 왕실 상단이 필요한 도움만 주면 돼요."

전우현이 아쉬워했다.

"그렇군요. 그러면 저희 송상이 무엇을 도와드리면 되옵 니까?"

"상무사는 아직 인삼 전문가가 없어요. 그러니 인삼포를 시작하면 송상의 전문가를 보내 주었으면 좋겠네요."

"……좋습니다. 그렇게 하겠습니다. 그런데 인삼포는 어디다 마련하시려는지요?"

"강화도에요."

전우현의 눈이 커졌다.

"강화도에서는 인삼을 재배한 역사가 없사옵니다."

원자가 웃으며 장담했다.

"강화도의 대부분은 사질양토예요. 인삼 재배에는 개성만큼 좋은 지역이지요."

"그렇사옵니까?"

원자가 손을 들어 그의 관심을 차단했다.

"강화도는 앞으로 왕실 직할령이 될 거예요. 그러니 송상이 관심을 가져 봐야 헛수고예요."

"아! 그렇습니까?"

원자는 한 번 더 주의를 당부했다.

"비록 일을 함께하지 못하지만, 나는 송상이 신뢰를 저버리지는 않을 거로 생각합니다."

"그 부분은 조금도 걱정하지 마십시오. 소인의 실수로 함께하지는 못하지만 무슨 일이 있더라도 비밀을 지킬 것이옵니다."

원자가 처음으로 흡족해했다.

"고마워요. 처음에는 혼란스럽겠지만 시간이 지나면 송상도 분명 큰 득이 될 거예요."

"말씀만 들어도 감읍하옵니다."

"조심해 돌아가세요. 나중에라도 인연이 되면 다시 만나도록 해요."

"다음에 뵐 때까지 보중하시옵소서."

전우현이 처음과 같이 큰절을 하고 나갔다.

그를 내보낸 박종보가 자리에 앉으며 궁금해했다.

"원자 아기씨, 인삼 재배법은 어떻게 아시게 된 것입니까?"

원자가 인삼 재배 방법을 알게 된 건 전생에서다. 국회의원 시절 인삼의 세계화를 추진하면서 다양한 지식을 얻은 덕분이었다.

원자가 대충 얼버무렸다.

"아바마마께서 주신 정보로 만든 거예요."

"전하께서 받으셨다고요?"

"예, 잘은 모르지만 어느 책에선가 발견했다고 하시더라고요."

"그렇군요."

원자가 한숨을 내쉬었다.

"하! 그런데 나이 어린 제가 직접 일을 추진하려니 쉽지가 않네요."

"너무 상심하지 마십시오. 사람들이 원자 아기씨의 본모습보다 겉이 먼저 보여서 그렇사옵니다. 시간이 지나면 문제는 절로 해결될 것이옵니다."

"저도 그건 알지만……."

박종보가 조언했다.

"주상 전하께 사정을 말씀드리시지요. 전하께서는 이전부터 개혁 인사들을 양성해 오고 있었지요. 사정을 말씀드리면 분명 도움을 주실 겁니다."

원자의 머릿속에 몇 사람이 떠올랐다.

"외숙은 연암 박지원 선생을 아십니까?"

"직접 본 적은 없지만 상당한 경세가라는 건 알고 있사옵니다."

"그분은 어디서 재직하고 있나요?"

"그분은 몇 년 전부터 외직에 나가 있는 것으로 압니다."

원자가 연필로 몇 명의 이름을 썼다.

"그러면 이분들의 근황을 알아봐 주세요."

박종보가 고개를 갸웃했다.

"다들 주상 전하께서 아끼는 인물이군요. 그런데 한 사람이 빠진 것 같사옵니다."

"누가 빠졌지요?"

"이번에 청주목사로 나가신 이가환 대감의 이름이 없습니다."

원자가 빙긋이 웃었다.

박종보가 의아해했다.

"왜 웃으시는지요?"

"그분은 아바마마께서 이미 강화유수로 점찍어 두셨습니다."

"아! 그러셨군요."

박종보가 자리에서 일어났다.

"그럼 저는 나가서 이분들이 근황부터 알아 오겠습니다."

"수고해 주세요."

박종보가 나가고 얼마 지나지 않아서였다.

"주상 전하께서 중희당에 드셨사옵니다."

원자가 얼른 일어났다. 그리고 지붕이 덮인 복도를 지나 중희당으로 들어갔다.

"아바마마께서 오셨사옵니까?"

"오냐? 누가 찾아왔다고?"

"예. 외숙을 통해 송상 대방을 만났사옵니다."

원자가 송상 대방을 만난 사정을 설명했다. 고개를 끄덕이며 설명을 들은 국왕이 다독였다.

"역시 그랬구나. 네가 아무리 세상 이치를 잘 안다고 해도, 다른 사람이 보기에는 다섯 살에 불과한 아이다. 그런 너의 말을 사람들이 쉽게 신뢰할 수는 없을 게다."

"아바마마께서는 이런 일이 있을 거라 예상하셨군요."

"그랬다."

"그런데 왜 말리지 않으셨사옵니까?"

국왕이 미소를 지으며 설명했다.

"한 번은 겪어야 할 일이었다. 그래서 미리 겪는 게 좋다고 생각했다. 그리고 송상 대방을 네가 설득했다면 그보다 좋은 일은 없었겠지. 아비는 실패든 성공이든 너에게 큰 공부가 될 거라고 봤다."

"그러셨군요."

"상인들은 평생 권모술수가 난무하는 삶을 사는 자들이다. 그런 상인들의 우두머리인 대방이라면 분명 특출한 자일 것이다. 그런 자를 어린 네가 어찌 쉽게 설득할 수 있겠느냐? 아무리 네가 원자라고 해도 너의 말만 믿고 상단의 운명을 맡길 수는 없었을 거다."

"예, 그랬사옵니다."

"이번 일은 그자의 잘못이 아니라 상대하는 네가 문제였다. 만일 네가 세자이고 관례라도 넘은 나이였다면 송상 대방은 결코 오늘처럼 너를 대하지는 않았을 거다."

원자도 절감하고 있었다.

"옳은 지적이옵니다. 아무리 좋은 일을 하려 해도 소자의 나이로는 쉽지 않을 거 같사옵니다."

"그렇다. 그렇다고 물러서지는 않겠지?"

원자가 눈을 빛냈다.

"물론이옵니다."

"무슨 대안이 있는 게냐?"

"제 일을 도울 사람부터 모으려고 합니다. 필요하면 조직도 구성하고요."

국왕이 흐뭇한 표정을 지었다.

"허허! 나쁘지 않은 생각이다. 허면 누구를 곁에 두려고 하느냐?"

"우선 연암 선생부터 모시려고 합니다."

국왕이 크게 기꺼워했다.

"좋은 생각이다. 연암은 비록 글이 정순하지는 않지만 개혁적 성향이 분명한 인사다. 더구나 북학파라는 신흥 학파를 이끌고 있으니 충분한 자격이 있다."

원자가 몇 사람을 더 거론했다.

"모두 좋은 사람들이구나. 그런데 그들을 전부 교역에 투입하려고 하는 거냐?"

"아니옵니다. 사람을 나눠 일부는 장인들과 함께 신기술을 연구하게 할 계획입니다. 그리고 일부는 의원들과 함께 종두(種痘)법과 의약품을 제조하게 하려고 합니다."

국왕이 크게 놀랐다.

"종두법도 개발한다고?"

"그렇사옵니다."

"으음! 서재로 올라가자."

이 층 누각으로 올라간 국왕이 질문했다.

"네가 본 세상에는 마마는 어떻게 되었느냐?"

"근절되었사옵니다."

국왕이 깜짝 놀랐다.

"마마가 근절이 되었어?"

"꾸준한 예방으로 그렇게 되었사옵니다."

"……참으로 놀라운 일이구나. 아니, 과학이 엄청나게 발전했다고 했으니 어쩌면 당연하겠구나."

"그렇사옵니다. 의학도 과학의 일종으로 함께 발전하는 학문입니다."

"마마를 근절하기 위해서는 종두법이 시행해야겠구나."

"반드시 그렇게 해야 하옵니다."

"그러면 그 일은 금성찰방으로 나가 있는 정약용에게 맡기도록 하자."

"그분은 유명한 학자로 알고 있는데, 의술도 잘 아나 봅니다."

"그렇다. 약용은 여느 의원보다 의학에 밝다. 그러니 의술에 밝은 의원 몇을 붙여 주면 분명 좋은 결과를 볼 수 있을 게다."

원자는 두말하지 않았다.

"아바마마께서 원하시는 대로 하시옵소서."

"오냐. 아비가 그들을 먼저 만나 의향을 물어보마."

"그렇게 하시옵소서."

"그리고 오늘 상참에서 강화를 왕실 직할령으로 만들겠다고 공표했다."

원자는 편전의 상황이 절로 떠올려졌다.

"대신들이 모두 크게 놀랐겠군요."

개혁군주

"그랬지. 우상인 채제공조차도 입을 벌리고 말을 하지 못하더구나."

"쉽게 넘어가지 않겠지요?"

"그럴 게다. 허나 한편으로는 의외로 쉽게 마무리가 될 수도 있을 거 같다."

"장용외영 병력의 분산 때문인가요?"

"그것도 있지만 새로운 문물을 받아들이고 싶어 하는 대신들이 의외로 많다. 양이와의 직접적인 접촉은 경기를 일으킬 정도로 거부하고 있기는 하지만 말이다."

원자가 문제를 지적했다.

"서양을 양이로 보는 시각부터가 문제입니다. 흑인들을 괴물처럼 여기는 행태도 문제고요. 피부색이 다를 뿐 모두 인격을 가진 사람이에요. 그럼에도 후추나 설탕과 같은 물건은 천금을 주고라도 구입하려 하고요."

"그 말은 맞다. 아비도 네 말을 듣기 전까지는 서양을 배타했었다. 하물며 한 번도 외국 사람을 보지 못한 대신들은 더 말해 무엇하겠느냐. 그래서 강화도를 왕실 직할령으로 만들고 외부인의 출입을 엄격히 금지하겠다는 계획이 의외로 쉽게 먹힐 수가 있다."

"부디 잘되었으면 좋겠사옵니다."

국왕의 의욕을 적극 드러냈다.

"잘될 것이다. 나라를 바꾸기 위해서는 그게 최선이다. 그러지 않고 안에서부터 개혁을 추진하려면, 기득권을 가진 자들의 반발로 인해 좌초될 수밖에 없어."

"옳은 말씀이옵니다. 지금의 우리 왕실로는 경화사족과 권문세가 전부를 상대하는 건 무리이옵니다."

국왕이 주먹을 움켜쥐었다.

"안타깝지만 네 말이 맞다."

"조금만 기다려 주시옵소서. 소자가 최신 무기를 개발해서 용호영을 최강의 군대로 육성하겠사옵니다. 그런 군사력을 바탕으로 군권을 확실하게 하나로 통합하시면 되옵니다."

국왕이 바람을 숨기지 않았다.

"오냐. 제발 그렇게만 해 다오. 군권이 통합되고 유명무실한 군사력이 바로 설 수만 있다면 무엇이 두렵겠느냐."

"옳은 말씀이옵니다. 그러기 위해서는 서양의 기술력을 반드시 도입해야 하옵니다."

두 부자가 동시에 고개를 끄덕였다.

"아! 그리고 훈련원 첨정으로 있던 백동수를 이번에 장용영으로 옮겼다. 네 말대로 그자에게 강화도 장용영을 맡겨 보려고 한다."

"황감하옵니다. 그 사람은 분명 제 몫을 충분히 해낼 것이옵니다."

국왕이 궁금해했다.

"그자가 정녕 강군 육성에 도움이 되겠느냐?"

"그 사람은 《무예도보통지》 편찬에 아주 큰 역할을 했다고 아옵니다."

국왕도 그 점은 인정했다.

"그 말은 맞다. 몇 년 전 규장각에 지시해 교본을 만들게 했었지. 그때 초관(哨官)에 불과했던 백동수가 아주 큰 역할을 했다."

"그 사람이 한 역할은 무인으로서의 역할이었을 겁니다. 그렇게 된 데에는 본국검법을 비롯한 각종 무예의 형에 통탈해 있었기에 가능했을 것이고요."

"허허! 너는 대체 모르는 게 없구나."

원자가 얼른 몸을 낮췄다.

"그렇지 않사옵니다."

국왕이 웃으며 고개를 끄덕였다.

"네 말이 맞다. 그가 나서 준 덕에 아바마마께서 대리청정하실 때 만들었던 《무예신보》에 마상육기 등을 추가해 스물네 가지의 기예를 확정할 수 있었지."

"바로 그것이옵니다."

원자가 일어나 장식장으로 갔다. 그리고 그 안에서 몇 권의 책을 꺼내 왔다.

"이 책자들은 군대 조련에 가장 기초가 되는 군사훈련 교범입니다."

국왕이 책을 훑었다.

"제식훈련 교범과 각개전투 교범?"

"제식훈련은 군인이 갖춰야 할 가장 근본적이고 필요한 자세를 숙련시킵니다. 그래서 반드시 숙지해야 하는 훈련이지요. 그리고 각개전투는 군대에서 가장 작은 단위의 편제가 수행하는 전투입니다. 이 훈련을 거치게 되면 병사 개개인의 전투 역량이 대폭 향상됩니다."

국왕이 천천히 두 책을 정독했다.

첫 번 교범은 몇 번이고 고개를 끄덕이며 몰두했다. 그러다 각개전투 교범을 넘기자마자 크게 놀랐다.

"아니! 이게 뭐냐, 총검술이라니? 그림을 보아하니 총에다 검을 꽂아서 사용하는 방식 아니냐?"

"그렇사옵니다."

원자가 총검술의 장점에 대해 설명했다.

"아아! 놀랍구나. 이렇게 하면 구태여 칼을 차고 다닐 필요가 없겠어."

"정확한 지적이옵니다. 칼은 앞으로 지휘관만 착용하게 됩니다. 창은 아예 없어질 것이고, 활은 일부 특수용으로만 남게 되옵니다."

국왕이 고개를 저었다.

"정말 대단하구나. 이 교범을 도입하면 군대 편제가 이전과는 확연히 달라지겠구나."

"그렇사옵니다."

이어서 원자가 앞으로 바뀔 군 편제에 대해 설명했다. 국왕이 또다시 몇 번이고 감탄했다.

"과인도 군대를 이런 식으로 편제하고 양성한다는 건 들어 보지 못했다. 이대로만 조련한다면 기강도 엄정해질뿐더러 전투력도 크게 증대되겠구나."

"분명 그렇게 될 것이옵니다."

국왕이 한 번 더 교범을 정독했다.

"이 교범을 백 첨정에게만 전수하려고 하느냐?"

"우선은 한 사람부터 통달시키려고요. 그리고 그로 하여금 우수한 인력을 선발해 훈련시켜 중간 점검을 해 보려고요."

국왕이 고개를 저었다.

"모든 일은 처음이 중요하다. 그보다는 몇 사람을 선발해서 함께 전수해 주는 게 좋겠다. 그래야 빨리 확산시킬 수가 있어."

"그 부분은 아바마마께서 알아서 해 주세요."

"그렇게 하마. 그리고 백 첨정은 내일 입궐하라고 했다. 만나 보고 결격사유가 없다면 강화도 장용영을 맡길 것이다."

"소자도 그분을 보게 해 주시옵소서."

"당연히 그래야겠지. 내일 면담을 하고 동궁으로 올려 보내마."

"감사하옵니다."

국왕이 던져 놓은 강화도 폭탄으로 조정은 하루 종일 들끓었다.

비변사에서는 강화도와 대외 교역을 두고 격론이 벌어졌다.

비변사는 명분부터 따졌다. 그 명분은 상국으로 섬기는 청나라다.

청국은 예전부터 광주가 개항되어 있었다. 여기에 작지만 마카오는 명나라 시절부터 포르투갈에 할양되어 있었다.

국왕은 폭탄만 던지지 않았다. 원자와 함께 머리를 맞대고 준비한 자료도 함께 던졌다. 이 자료에는 청국과 일본의 경우가 상세히 기록되어 있었다.

대외 교역과 강화도를 외부와 차단하는 이유, 그 장단점 등이 상세히 기술되었다. 그리고 장용영을 배치하려는 목적과 방어 계획까지 적시되었다.

자료는 형식부터 원자가 만들었다.

전생에서 수많은 논문과 보고서 제안 등을 접한 원자다. 그런 안목으로 만든 자료에는 문제가 될 모든 항목이 나열되었고 해답도 제시되어 있었다.

이렇다 보니 찬반 격론을 벌이면서도 물고 늘어질 만한 게 없었다. 그래서 소리만 요란했지, 정작 별달리 실속은 없는 형국으로 흘러갔다.

※

다음 날.

새벽부터 대신들이 편전으로 모여들었다. 이들은 국왕이 추진하는 일을 거론하려고 했다.

그러나 국왕은 거론조차 못 하게 했다. 그 대신 충분히 논의해 조정의 중론을 모아 오라 지시했다.

국왕은 추진하려는 내용이 자료에 전부 나와 있다고 밝혔다. 그러니 그 자료부터 면밀히 검토해 문제점이 있는지부터 논의하라고 했다.

국왕이 이렇게 나오니 대신들도 물러설 수밖에 없었다. 대궐을 나온 중신들이 비변사로 모였다.

규장각 제학 윤시동이 불만을 터트렸다.

"전하께서 너무하십니다. 중신들의 의견조차 듣지 않으려 하시다니요."

심환지도 거들었다.

"그러게 말입니다. 나라의 막중대사를 논의도 하지 않으실 줄 몰랐소이다."

영의정 홍낙성이 나섰다.

"그냥 거부하신 게 아니지 않소이까? 먼저 조정의 중론부터 모으시라고 했으니, 신하된 도리로 당연히 거기에 따라야지요."

찬성 반대의 목소리가 봇물처럼 터졌다. 처음에는 대화로 시작했다가, 시간이 지날수록 상대를 비판하는 수위가 높아졌다.

말없이 지켜보던 김종수가 손을 들었다. 그러자 논쟁이 벌어지던 실내가 순식간에 조용해졌다.

"이제 그만들 하시지요. 전하께서 자료 검토부터 하라는 어명을 내린 것에는 다 그만한 이유가 있을 겁니다. 그러니 지금은 그 일부터 해야 하는 게 맞습니다."

채제공이 동조하고 나섰다.

"봉조하 대감의 말씀이 맞습니다. 일의 잘잘못을 가리기 위해서라도 전하께서 정리해 주신 자료 검토가 우선입니다."

두 사람은 각기 자신의 당파를 이끌고 있는 사람이었다. 이들이 같은 말을 하자 비변사 정청의 분위기는 일순간 변했다.

윤시동조차도 헛기침을 하며 거들었다.

"험! 험! 두 분 대감의 말씀이 그러시면 따를 밖에요. 그러면 먼저 첫 번째 사안부터 논의해 봅시다."

이러면서 책자를 넘겼다. 사람들이 눈을 빛내며 윤시동이 넘긴 곳으로 시선을 모았다.

❀

중신들을 물리친 국왕은 곧바로 선정전을 나와 성정각으로 갔다. 거기서 잠시 독서를 하고 있을 때 대전내관이 고했다.

"전하! 훈련원 첨정 백동수가 입시했사옵니다."

"들라 하라."

문이 열리고 청색관복을 입은 사내가 들어왔다.

"주상 전하께 인사 올리옵니다. 훈련원 첨정 백가 동수라고 하옵니다."

"편히 좌정하게."

"감읍하옵니다."

국왕이 좌정한 백동수를 살펴봤다. 그러던 국왕은 이내 고개를 끄덕였다.

"무인으로 소문났다고 하더니 신체가 아주 단단하구나."

백동수가 겸양했다.

"공연한 허명이 났을 뿐이옵니다. 소문은 항상 과대 포장되기 마련이니 염두에 두지 마시옵소서."

"아니야. 과인은 그대가 《무예도보통지》를 편찬할 때 실기를 담당했다는 것을 알고 있네."

백동수가 허리를 굽혔다.

"잊지 않아 주셔서 감읍하옵니다."

이어서 국왕은 다양한 질문을 했다. 시작은 무학이었으나, 시간이 지나면서 학문으로 넘어갔다.

질문을 하던 국왕이 놀랐다.

"백 첨정의 학문이 상당하구나."

"부끄럽사옵니다. 머리가 빈 무부가 되기 싫어 열심히 책을 접하고는 있으나 아직 일천하옵니다."

"허허! 학문도 남다른데 겸손하기까지 하다니."

국왕은 흡족해하며 백동수를 바라봤다.

"백 첨정."

"예, 전하."

"이번에 과인이 새로운 일을 추진하려고 하네. 그 일 중하나가 화성의 장용영 병력 일부를 강화도로 이동시키려는거야."

이러면서 계획을 간략히 소개했다.

백동수가 크게 놀랐다.

"실로 엄청난 일이로군요."

"그렇지. 가히 경천동지할 일이지.. 나는 그 일에 백 첨정이 동참했으면 하는데 어떻게 생각하나?"

백동수가 주저 없이 대답했다.

"나라를 위해서라면 무엇이든지 하겠사옵니다. 그러니 불러만 주시옵소서."

"하하하! 고마운 일이네. 과인은 그대에게 강화도로 이전할 장용영의 지휘를 맡길 생각이야."

백동수의 눈이 커졌다.

"전하! 소인의 지위 이제 겨우 종사품 첨정이옵니다. 그런소인이 어찌 수천 병력을 지휘할 수 있단 말씀이옵니까? 하해와 같은 성은이오나 거두어 주시옵소서."

국왕이 고개를 저었다.

"충분히 생각하고 결정한 일이야. 그러니 사양하지 않았으면 좋겠어. 그리고 과인이 알아보니, 경이 지금껏 첨정에 머물게 된 게 다 이유가 있었더군."

백동수가 몸을 숙였다.

"그 말씀은 맞사옵니다. 소인이 오래전 무과에 급제했으나 임관을 못했사옵니다. 그래서 산골로 들어가 19년 동안 무술을 연마했지요. 전하께서 장용영을 창설하지 않았다면 소인은 지금도 초야에 머물러 있었을 것이옵니다."

"중간에라도 나와서 자리를 알아보지 않고?"

백동수가 씁쓸해했다.

"당시에는 임관을 못한 원인이 인원 초과로 알려졌습니다. 하오나 나중에 확인한 바로는 소인이 서자여서 경쟁에서 밀렸다고 하더군요. 그래서 미련을 버리고 초야로 들어간 것이옵니다."

국왕이 안타까워했다.

"허! 그런 내막이 있었구나."

"하오나 전화위복이 되었사옵니다. 출사는 비록 늦었지만, 오랜 수련 덕분에 조금의 심득을 얻을 수 있었사옵니다. 덕분에 《무예도보통지》 편찬에도 참여할 수 있었고요."

국왕이 크게 흡족해했다.

"좋은 사고를 가졌어. 매사가 긍정적이면 앞으로의 일은 모두 잘될 것이야."

"황감하옵니다."

"그대는 우리 원자의 성품이 많이 바뀐 사실을 아는가?"

"물론이옵니다."

백동수가 한양에서 도는 소문을 국왕에게 상세히 알렸다. 그 말을 들은 국왕이 크게 웃었다.

"하하하! 우리 원자에 대한 소문이 그렇게 났단 말이더냐?"

"역시 전하의 아드님이라는 말도 항상 같이 나오고 있사옵니다."

국왕이 기쁨을 숨기지 않았다.

"하하하! 과인도 원자와 대화를 하다 보면 많이 놀라기는 하지."

국왕이 정색을 했다.

"이번 계획도 원자가 먼저 제안을 했네."

백동수가 깜짝 놀랐다.

"그렇사옵니까?"

국왕이 원자에게서 받은 교범을 건넸다.

"이 두 권의 군사교범은 원자가 작성한 것이네. 한번 읽어 보시게."

백동수가 책자를 공손히 받아서 넘겼다. 그렇게 교범을 읽기 시작한 그는 두 권을 단숨에 읽고는 길게 한숨을 내쉬었다.

"후! 믿기지가 않습니다. 보령이 유충하신 원자 아기씨께서 이렇게 대단한 군사교범을 직접 저술하시다니요."

"과인도 솔직히 믿기지가 않아. 허나 교범을 읽고는 믿지 않을 도리가 없었지. 과인이 왜 이런 생각을 하게 되었는지 백 첨정은 알겠나?"

백동수가 생각을 밝혔다.

"전혀 새로운 전술입니다. 우리 조선에는 제식이란 항목 자체가 없사옵니다. 그런데 원자 아기씨께서는 일반인을 군인으로 만들기 위해서는 반드시 필요한 훈련이라고 강조하셨습니다."

"그대는 어떻게 생각하지?"

"이 교범을 보지 않았다면 고개를 저었을 겁니다. 그러나 지금은 원자 아기씨의 말씀에 전적으로 동의합니다."

백동수가 다른 책자를 들었다.

"각개전투라는 말 자체도 생소합니다. 총검술은 더 말할 것도 없고요. 조총에 칼을 끼워 사용한다는 생각은 아마 누구도 해 본 적이 없을 것이옵니다. 그런데 원자 아기씨께서는 거기서 한 걸음 더 나가 총검술 동작까지 만들어 내셨사옵니다."

백동수가 거듭 강조했다.

"정말 대단한 저술입니다. 병사들을 이 교범에 맞춰 조련한다면 군기부터가 확연히 달라질 것이옵니다."

국왕도 동조했다.

"옳은 말이야. 그래서 하는 말인데 원자가 그대를 만나 보고 싶다고 하네."

백동수가 놀라워했다.

"원자 아기씨께서 소인을 어찌 아시고 보자고 하시는지요?"

"원자가 《무예도보통지》를 봤다고 하네. 거기서 나온 동작을 백 첨정이 직접 시연한 것을 알고는 그대를 특별히 지목해 부른 거야. 그 교범을 직접 전수해 주겠다고 말이야."

백동수는 그제야 돌아가는 상황이 이해되었다.

"원자 아기씨께서 일부러 소인을 부르신 거로군요."

"그렇다고 봐야지. 그리고 강화도 장용영의 지휘권을 맡기자고 한 것도 원자라네."

"아!"

"그러니 가서 직접 만나 보게."

백동수가 두말하지 않았다.

"알겠사옵니다. 그럼 소인 혼자 교범을 배우는 것이옵니까?"

"아니야. 장용영의 군관 몇 명도 함께 부르려고 하네."

"그러시군요."

국왕이 손짓을 했다.

"그 교범을 갖고 원자를 만나 보도록 하게."

"예, 알겠사옵니다."

백동수가 인사를 하고서 성정각을 나왔다.

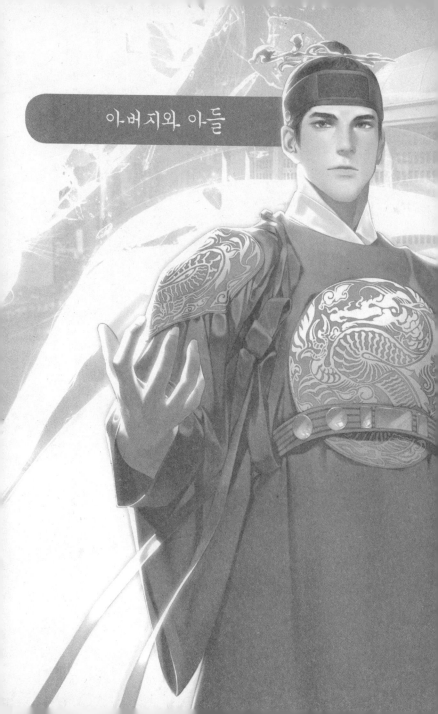

아버지와 아들

그는 내관의 안내를 받아 동궁으로 갔다.

"원자 아기씨! 훈련원 첨정께서 드셨사옵니다."

"들라 하세요."

백동수가 들어와 절을 했다. 그런 백동수를 편히 앉게 하고는 그가 가져온 교범을 바라봤다.

"교범을 읽어 봤나 보군요. 어떠세요. 읽어 보신 소감이?"

"한마디로 놀라울 따름입니다. 우리 조선에서 이런 교범이 나왔다는 사실이 믿기지 않을 정도이고요."

"우리 조선에 병법서가 있나요?"

"있사옵니다. 가장 중요한 병서는 《병학지남(兵學指南)》이라고, 《기효신서》를 바탕으로 편찬되었습니다."

원자가 한숨을 내쉬었다.

"하!《기효신서(紀效新書)》라면 명나라 척계광의 저서가 아닙니까?"

"맞습니다. 본국의 군사(軍事)는《기효신서》이전과 이후로 나뉜다고 해도 과언이 아닙니다."

"거꾸로 말하면 지금의 군사 편제가 임진왜란 이후 변한 게 없다는 말이네요?"

"그렇사옵니다."

"다른 병서는 무엇이 있지요?"

"병장도설, 병학통, 이진총방 등이 있사옵니다."

한 번도 들어 본 적이 없는 병서였다.

"그렇군요. 그러면 군사훈련에 그런 병서가 잘 활용되고 있나요?"

"진법 훈련에 일부 활용하기는 했습니다. 허나 의장용이라고 해도 과언이 아닙니다. 그러다 주상 전하께서 장용영을 창설한 뒤부터 병서 연구가 왕성해졌습니다. 군사훈련에도 적극 적용하고 있고요."

원자가 교범을 가리켰다.

"나는 백 첨정에게 그 교범의 자세를 완전히 숙지시키려고 했었습니다. 그래서 아바마마께 청을 넣었는데, 아바마마께서 장용영 군관을 더 부르자고 하시더군요."

"전하께서 말씀하셨습니다."

"백 첨정께서는 그동안 교범을 외우도록 하세요."

"교범을 외우라고요?"

"언제 어디서라도 읊을 수 있도록 외우세요. 그래야 병사들을 훈련시킬 때 용이해요."

"알겠습니다."

《무예도보통지》의 동작을 백 첨정께서 직접 시연했다고 하던데 맞나요?"

"그렇사옵니다."

"그러면 다음에 있을 훈련에서 동작을 보여 주실 수 있나요?"

"준비해 오겠습니다."

"그리고 들어오실 때 병사와 무관의 군복도 함께 가져오세요."

"그렇게 하겠습니다. 그리고 소인을 천거해 주셔서 감사하옵니다."

원자가 웃으며 고개를 저었다.

"내가 천거를 한 것은 맞아요. 하지만 백 첨정을 선택한 건 아바마마세요."

"그런데 소인을 어떻게 알고 천거를 하셨는지 궁금합니다."

원자가 둘러댔다.

"아바마마와 대화를 하다 《무예도보통지》가 거론된 적이 있었어요. 그래서 내관을 시켜 그 책을 가져와 읽으면서 편찬 과정을 알게 되었지요. 그러면서 당시 참여했던 규장각 각신들이 백 첨정을 진정한 무인으로 칭송한다는 말을 듣게 되었고요."

백동수가 얼굴을 붉혔다.

"너무 과한 칭찬이옵니다. 우리 조선에는 저보다 뛰어난 무인이 많사옵니다."

"뛰어난 무인은 많겠지요. 그러나 규장각 각신들에게 칭송을 받는 무인은 없습니다. 제가 아는 규장각 검서관들은 절대 남을 쉽게 칭찬하지 않습니다."

"……고마운 분들이지요."

"하하! 맞아요. 그분들 때문에 백 첨정을 보게 되었으니 고마운 건 맞는 말씀이에요."

백동수는 원자와 대화를 하면서 몇 번이고 놀랐다. 처음에는 그런 기색을 숨기려 하다 끝내는 숨기지 못했다.

"정말 놀랍습니다. 원자 아기씨께서 명민하다는 소문은 익히 들어서 알고 있기는 합니다. 그런데 직접 뵈니 마마께서는 소문보다 훨씬 더 대단하신 분이었네요."

원자가 미소를 지었다.

"제가 많이 이상하지요?"

"아닙니다. 놀랍고 대단한 것은 맞지만 이상하지는 않사옵니다. 오히려 나라의 앞날을 위해서는 너무도 다행이라 생각되옵니다."

"고마운 말씀이네요."

두 사람은 많은 대화를 나눴다.

원자는 궐 밖 사정이 궁금해서 그에 대해 질문을 했다. 백동수는 성심껏 질문에 대답하면서 궁금증을 풀어 주었다.

❈

며칠이 지났다.

동궁 권역 한쪽에 공터가 있다. 낙선정(樂善堂)이란 정자와 행각 건물이 있던 자리다.

낙선정은 본래 세자의 공부방으로, 사도세자가 대리청정하던 시기에 소실되었다. 그런 빈터에서 백동수와 십여 명의 무관이 훈련을 받고 있었다.

원자가 설명했다.

"다리를 붙이고 발뒤꿈치를 모으세요. 발의 앞은 조금 더 벌어져야 해요."

"이렇게 말입니까?"

"맞아요. 바로 그겁니다. 이제 자세를 바로 하고 가슴을 펴세요. 턱은 당기고 눈은 모자 끝을 봅니다. 아! 저기 저분, 팔이 벌어져 있잖아요. 차려를 할 때는 팔과 다리를 붙여야 합니다."

제식훈련이었다.

조선군은 변변한 제식이 없다.

단순히 몸을 바로 하는 정도가 고작이고, 행진할 때 발도

맞추지 않았다. 그러다 보니 자세 하나를 익히는 데도 상당한 시간이 걸렸다.

"잘하셨어요. 다음으로 군례입니다. 교범에 나온 대로 오른팔을 들어 가슴에 대면서 구호를 외칩니다. 경례!"

"충!"

경례는 거수경례가 아닌 조선군이 시행하고 있는 군례를 차용했다. 덕분에 이번에는 절도 있는 자세가 나왔다.

원자가 크게 칭찬했다.

"아주 잘했습니다. 자! 이제 자세를 바로 합니다. 바로!"

무관들이 절도 있게 팔을 내렸다.

"이제부터 위치 변환을 시작합니다. 동작은 뒤로돌아, 좌향좌, 우향우……."

원자는 교범 그대로 설명했다. 그런 설명을 들으면서 무관들은 왜 원자가 교범을 완전히 외우도록 했는지 이해가 되었다.

다른 사람도 아니고 원자다.

자신들은 국왕의 친위군인 장용영이고, 거기서도 선발되었다. 덕분에 무관들의 자부심은 대단했으며 훈련도 누구보다 열정적으로 참여했다.

기초 제식훈련을 마치고 원자가 무관을 모았다.

"전체 무릎앉아."

무관들이 오른발을 뒤로 빼고서 한쪽 무릎을 꿇고 앉았다. 원자는 그 모습을 보고 만족했다.

"자세를 직접 가르치지도 않았는데 잘하셨네요."

무관들이 서로를 보며 미소를 지었다. 그 모습을 보고 원자가 바로 지적했다.

"주목! 지금의 그런 태도가 문제예요. 어떠한 경우에도 휴식을 취하라는 말이 나오기 전까지는 고개조차 돌리면 안 됩니다."

무관들이 움찔했다.

"군의 기강은 지금처럼 작은 부분부터 흐트러집니다. 그러니 병사들을 훈련시킬 때 잡담과 개인행동을 금지시켜야 합니다. 아시겠지요?"

"예, 알겠습니다."

"맞습니다. 이렇게 통일되게 대답하셔야 해요. 그리고 처음 말씀드린 대로 우리나라는 사투리가 심합니다. 그래서 반드시 말끝을 '다 · 나 · 까'만 사용하게 해야 합니다. 그래야 명령 전달이 잘되고 전시에 행동을 통일할 수 있습니다."

원자가 말투 교정의 필요성을 역설했다.

무관들은 사투리 때문에 문제가 많다는 걸 모르지 않았다. 그러나 불편한 것은 알고 있었지만, 그걸 고쳐야겠다고 생각해 본 적이 없었다.

"……백 첨정은 내가 말한 부분에 대해 어떻게 생각하지요?"

"놀랍습니다. 저희들도 사투리 문제가 많다는 건 알고 있었습니다. 그럼에도 누구도 말투를 통일하자는 생각은 못 하고 있었습니다. 오늘 원자 아기씨의 말씀을 들어 보니, 어렵지도 않은 일을 시도조차 하지 않은 거 같아 황망하기까지 합니다."

무관 한 명도 동조했다.

"옳은 지적입니다. 하오나 사투리가 심한 사람들은 교정이 쉽지 않을 거 같아 걱정입니다."

원자가 지적했다.

"그래서 군기를 엄정하게 하라는 겁니다. 조금만 방심하면 자신들도 모르게 사투리가 나오게 되어 있습니다. 그러면 바로 기강 해이로 이어지지요."

"알겠사옵니다. 돌아가면 반드시 말투 교정부터 시작하겠습니다."

"그렇게 하세요."

훈련은 이렇듯 작은 부분도 바로잡으며 진행되었다. 무관들은 원자의 지시에 조금도 이의를 제기하지 않았다.

무관들은 지금의 훈련이 얼마나 중요한지를 체감하고 있었다. 더구나 나름의 포부가 있는 무관들이었기에 경쟁하듯 훈련에 매진했다.

❁

그렇게 며칠이 지났을 때였다. 이날도 무관들은 이른 아침부터 입궐해 자체 훈련을 하고 있었다.

개혁군주

원자와 함께 온 내관이 소리쳤다.

"잠깐 훈련을 멈추고 모두 이리 와 보세요!"

총검술 훈련을 하던 무관들이 행동을 멈췄다.

"헤쳐 모여!"

백동수가 지시했다. 그러자 십여 명의 무관들이 신속히 두 줄로 모였다.

"우향우! 어깨총! 앞으로가!"

무관들은 백동수의 구령에 맞춰 절도 있게 움직였다. 원자는 자신을 향해 다가오는 무관을 보며 흡족한 미소를 지었다.

김 내관이 탄성을 터트렸다.

"원자 아기씨! 대단하옵니다. 불과 며칠 만에 새로운 군대를 보는 것 같사옵니다."

원자도 동조했다.

"맞아. 나도 저렇게 빨리 적응할 줄 몰랐어."

팔을 힘차게 올리며 발까지 맞춘 무관들이 원자 앞으로 다가왔다.

"전체! 제자리에~ 서! 세워총!"

무관들을 세운 백동수가 몸을 틀었다. 그러고는 절도 있는 자세로 군례를 올렸다.

"충! 첨정 백동수외 열 명, 원자 아기씨를 뵙습니다."

"고생이 많아요. 편히 쉬세요."

"전체! 쉬어."

무관들이 자세를 풀자 원자가 손짓을 했다. 그것을 본 내관들이 가져온 물건을 들고 왔다.

원자가 그중 하나를 들었다.

"이 옷은 새로 제작한 군복이에요. 그러니 각자 이름표가 적힌 옷을 가져가 갈아입고 오세요."

원자는 훈련 첫날, 무관들의 신체 치수를 쟀다. 그걸 바탕으로 새로운 군복을 만든 것이다.

백동수와 무관들이 군복을 가져갔다.

그리고 잠시 후.

무관들이 어색해하며 군복을 입고 나왔다.

군복의 상의 중간에 단추가 있으며, 가슴 부분에 주머니가 달렸다. 하의는 중간이 갈라져서 용변을 보기 쉽게 했으며, 허리끈으로 묶게 되어 있었다.

신군복은 팔과 바지의 통이 좁고 색은 검은색이었다. 새로 제작된 군모는 전면만 창이 있었다.

원자가 질문했다.

"입어 보신 소감이 어떤가요?"

백동수가 대답했다.

"어색하지만 몸에 맞고 펄럭거리지 않아서 좋습니다."

다른 무관이 나섰다.

"소매와 바지의 통이 좁아서 편합니다."

이어서 몇 사람이 장단점을 밝혔다. 처음이어서 생경하지만 활동하기 편하다는 게 중론이다.

원자가 나섰다.

"단추가 있어서 입고 벗을 때 편하겠지요?"

백동수가 대답했다.

"물론입니다. 놋쇠 단추가 달려 있어 기존 군복과는 비교가 되지 않게 편하옵니다. 그런데 윗옷의 주머니는 왜 달아 놓은 것인지요?"

"주머니는 작은 물건을 넣으라고 만든 겁니다. 바지도 마찬가지고요. 그리고 전시에는 상의 주머니에 철판을 넣어서 살상력을 최대한 낮추려는 의도를 갖고 있지요."

백동수가 탄성을 터트렸다.

"아! 그러네요. 여기에 얇은 철판을 넣으면 심장이 절로 보호되겠습니다."

"맞아요. 전투가 벌어졌을 때 인명 피해를 줄이기 위한 최소한의 방지책이지요."

원자는 새 군복을 입고 훈련을 하게 했다. 군복만 바뀌었을 뿐인데 무관들은 자세부터 달라 보였다.

❀

그리고 이틀 후.

백동수가 원자가 가져온 물건을 보고 놀랐다.

"원자 아기씨, 이건 가죽 신발이 아닙니까?"

"여러분이 착용할 될 군화예요."

"군화라고요?"

"그렇습니다. 우선 착용부터 해 보시지요."

백동수와 무관들은 다투어 자신들의 군화를 찾아 신었다. 군화는 발목까지 달려 있어서 착용하는 데 약간의 불편함이 있었다.

백동수가 군화를 신고 이리저리 움직였다.

"착용감이 어떠세요?"

"조금 불편하지만 저희들이 신던 목화(木靴)보다는 훨씬 편합니다."

"가죽이어서 처음에는 익숙하지 않을 거예요. 조금만 참고 신으면 곧 발에 맞춰질 겁니다."

무관들은 군화를 신고 이리저리 움직였다. 그런 무관들의 표정은 하나같이 흐뭇해 보였다.

백동수가 궁금해했다.

"원자 아기씨! 그런데 이렇게 가죽으로 만든 군화는 저희들만 신는 겁니까?"

원자가 고개를 저었다.

"아니에요. 장용영의 모든 병력에게 보급할 예정이에요."

백동수가 크게 놀랐다.

"아니, 이 귀한 가죽 군화를 일반 병사들에까지 보급하신단 말씀입니까?"

"맞아요. 여러분들이 입고 있는 군복도 마찬가지로 장용영의 전 병력에 보급할 거예요."

백동수가 우려했다.

"엄청난 자금이 들어갈 터인데, 군비 마련이 가능하겠습니까?"

"지금 우리 조선의 사정으로는 어렵겠지요?"

"물론입니다. 화성의 장용영 병력을 유지하는 데에도 많은 비용이 소요됩니다. 그래서 조정에서는 수시로 그 부분을 문제 삼고 있사옵니다."

"그럴 거예요. 군은 끝없이 물자를 소모하는 집단이지요. 그래서 대규모 병력을 양성하고 유지하는 게 어렵고요."

"그런 상황을 아시면서 어떻게 이런 물자를 보급하신단 말씀이옵니까?"

원자가 싱긋이 웃었다.

"대외 교역을 하려는 이유가 바로 그 때문입니다. 몇 만도 안 되는 병력의 군화조차 제대로 보급해 주지 못하는 재정의 어려움을 극복하기 위해서요."

"……"

주변이 순간 숙연해졌다. 그 모습을 본 원자의 목소리가 더 커졌다.

"아바마마와 내가 왕실 상단을 설립하고 대외 교역을 하려는 목적은 부국강병이에요. 그 일환으로 장용영을 최강의 병력으로 양성하려는 겁니다."

무관들의 얼굴에 자부심이 깃들었다. 원자가 무관들을 하나하나 둘러보며 다짐했다.

"앞으로 왕실은 장용영 병력 양성에 최선을 다할 거예요. 그러니 여러분들께서는 아바마마와 저를 믿고 끝까지 따라와 주기 바랍니다."

백동수가 한쪽 무릎을 꿇었다. 그러자 다른 무관들도 정색을 하며 뒤따랐다.

"저희 장용영은 언제까지라도 주상 전하와 원자 아기씨께 충성을 다할 것이옵니다. 소인들의 충정을 받아 주시옵소서."

"소인들의 충정을 받아 주시옵소서."

"고맙습니다. 지금처럼 믿고 따른다면 왕실은 나라의 미래를 여러분과 함께할 것입니다."

"황감하옵니다."

원자가 무관들을 다독였다.

"자! 그만들 일어나세요. 여러분들의 충정은 가슴에 담아 두겠습니다. 지금은 조금의 시간이라도 아껴서 훈련을 받아야 합니다."

백동수와 무관이 일어났다.

이어서 다시 훈련이 시작되었다.

이런 모습을 국왕이 멀리서 바라보고 있었다. 국왕은 본래 바뀐 군복과 군화를 확인하고 무관들을 격려하려고 했었다.

개혁군주

그래서 막 동궁으로 넘어오다 무관들이 충성 맹세를 하는 장면을 보게 되었다. 국왕은 걸음을 멈추고 그 모습을 흐뭇하게 바라보다 몸을 돌렸다.

상선이 급히 다가왔다.

"직접 확인하지 않으시고요?"

국왕이 고개를 저었다.

"아니야. 저런 때는 그냥 돌아가는 게 좋아. 과인이 갔다가 공연히 분위기만 흐트러트려."

상선이 대번에 알아들었다.

"원자 아기씨의 측근을 만들어 주시려는 거군요."

"그래, 원자가 저렇게 하면서 하나둘 자기 사람으로 만들어가야 해. 그래야 나중에 보위에 올랐을 때 힘들지가 않아."

"옳으신 말씀이옵니다."

"그나저나 우리 원자를 위해서라도 빨리 상무사를 발족해야겠어."

"조정의 중론을 확인하시지 않고요?"

국왕이 씁쓸한 표정을 지었다.

"중론을 모으기가 쉽지 않을 거야. 과인이 책자를 내려 준 게 언제야. 그런데 아직도 의견을 통일조차 못 하고 있잖아."

"하오나 상무사 창설을 결행하시면, 그걸 갖고 문제를 삼지 않겠사옵니까?"

"당연히 문제를 삼겠지. 허나 분명한 명분이 있는 일이어서 반대할 수만은 없을 거야."

"그건 그렇사옵니다. 조정의 부담을 주지 않기 위해 왕실이 직접 나서겠다는데, 그걸 무슨 명분으로 막겠사옵니까?"

국왕이 고개를 끄덕이다 걸음을 멈췄다. 그러고는 몸을 돌려 훈련을 받고 있는 모습을 바라봤다.

"아무리 생각해도 원자가 참 대단해졌어. 지난번의 일도 그렇지만, 이번에도 조정 대신들이 반대할 수 없게 명분을 만들었잖아."

상선이 조심스럽게 거들었다.

"소인은 원자 아기씨를 뵈면 수십 년 정치를 한 노정객의 느낌이 듭니다."

"허허! 노정객의 느낌이라……."

국왕은 문득 원자가 했던 말이 떠올랐다.

'맞아. 원자가 꿈속에서 오랫동안 정치를 경험했었다고 했었지. 흠!'

"그래, 이러면 어떻고 저러면 어떤가. 우리 원자가 훌륭한 인재로 자라고 있으면 그만인 것을."

독백을 한 국왕이 기분 좋게 몸을 돌렸다.

◈

며칠 후.

국왕이 편전의 중신들을 둘러봤다.

"과인이 지난번 중론을 모으라는 전교를 내린 적이 있소. 그런데 지금껏 실행이 되지 않고 있는데, 오늘은 그 결과를 들을 수 있겠소?"

영의정 홍낙성이 나섰다.

"황공하오나 격론을 벌였지만 아직 결정을 하지 못하고 있는 상황입니다."

이후 몇 명의 중신들이 같은 발언을 했다. 그들의 발언을 들은 국왕이 손을 들었다.

"그만들 하시오. 지금껏 같은 말이 반복된다는 건 결론을 내리지 못하겠다는 거나 다름없소이다."

국왕이 중신들을 바라봤다. 그 시선을 받은 중신들은 하나같이 눈길을 피했다.

"그래서 과인은 직권으로 왕실 상단을 출범하려고 하오. 아울러 강화도에 대한 왕실 직할령 선포와 외부와의 교류 차단, 그리고 장용영 병력 이동도 함께 추진할 것이오."

중신들이 크게 술렁였다.

봉조하 김종수가 나섰다.

"전하! 사안이 시급하지는 않사옵니다. 그러나 사안 하나하나가 중요하지 않은 게 없사옵니다. 그런 사안들을 이렇게 한꺼번에 몰아서 결정하시면 아니 되옵니다."

윤시동이 적극 동조했다.

"그렇사옵니다. 좀 더 시간을 두고 면밀히 사안을 검토할 수 있도록 해 주시옵소서."

국왕이 고개를 저었다.

"아니요. 벌써 보름이 지났음에도 결정을 내리지 못했다는 건 이유가 있어서요."

채제공이 나섰다.

"무슨 이유가 있다고 그러시옵니까?"

"왕실 상단, 왕실 직할령, 강화도 폐쇄와 같은 일은 지금까지 한 번도 경험하지 못한 일이오. 그리고 그러한 일을 추진하는 이유가 부국강병이오. 그래서 경들은 쉽게 결정을 내리지 못했을 거요."

국왕이 잠깐 말을 멈추었다. 그럼에도 누구도 나서서 아니라는 반대의 말을 못 했다.

"그러니 시작해 봅시다."

국왕의 목소리가 높아졌다.

"나라의 세수가 부족해 정병 양성을 하지 못하고 있소. 그렇다고 세금을 추가로 거두면서 병력을 양성할 수도 없소. 그래서 과인은 고심을 거듭한 끝에 외부에서 대안을 찾으려고 하는 거요. 경들은 이러한 과인의 고심을 알아주었으면 하오."

훈련대장 서유대가 나섰다. 서유대는 국왕의 핵심 측근으로 오랫동안 군을 위해 노력해 온 인물이다.

"전하! 장용영을 제대로 육성하면 그보다 좋은 일은 없을 것이옵니다. 그런데 그렇게 되면 훈국을 비롯한 각 군영은 상대적으로 차별을 받게 되지 않겠사옵니까?"

국왕이 크게 웃었다.

"하하하! 걱정하지 마시오. 오군영의 병력도 다 과인의 군대요. 그런 병력을 과인이 차별을 할 리가 있겠소. 허나 일은 선후가 있어야 하니, 우선 장용영의 정예화부터 추진하려는 거요."

"신은 하루빨리 그런 날이 왔으면 좋겠사옵니다."

그의 말은 다른 군영의 차별을 우려했다.

그러나 함의는 전혀 달랐다.

훈련도감은 삼수미(三手米)라는 특별세로 군영을 운영한다. 거기다 자체적으로 주화를 발행할 수 있어서 군비가 부족하지 않다.

그럼에도 서유대가 이런 말을 하는 건 이유가 있어서다. 훈국도 그렇지만 오군영은 권신들의 보이지 않는 손에 의해 깊이 장악되어 있었다.

그래서 서유대가 차별을 빗대어 오군영을 하루빨리 장악하라고 건의한 것이다. 말의 행간을 대번에 이해한 국왕이 대소를 터트리며 동조했다.

국왕 즉위 초기 군권을 장악하고 있는 사람은 구선복(具善復)이었다. 구선복은 능성 구씨로, 그의 집안은 대대로 수많은 무관을 배출해 왔다.

구선복도 일찍 무과에 급제해 선왕 때부터 군의 요직을 두루 거쳤다. 그런 그는 성격이 포악하고 흉포했으며 욕심도 많았다.

구선복은 사도세자가 뒤주에 갇혀 있을 때 그 옆에서 술과 떡을 먹으며 조롱하기까지 했다. 훗날 이 사실을 알게 된 국왕은 수없이 이를 갈았다.

그러나 즉위 초기 세력이 없었던 국왕은 그를 바로 내치지 못했다. 오히려 홍국영이 필요에 의해 구선복과 손을 잡는 걸 지켜봐야만 했다.

국왕은 그가 경연에 들 때마다 심장과 뼈가 떨려서 그의 얼굴을 제대로 보지 않았다. 그러나 홍국영이 실각하고 7년 후까지도 훈련대장을 맡았었다.

이렇듯 함부로 못한 구선복은 '무종(武宗)'으로 불렸다. 무소불위의 병권을 쥐고 있는 그를 국왕은 반드시 제거해야만 했다.

그러다 마침내 기회가 찾아왔다.

문효 세자의 갑작스러운 죽음이 빌미가 되어 구선복은 능지처사를 당했다. 그와 함께 그의 집안까지도 모조리 군부에서 찍혀 나갔다.

그렇게 겨우 구선복을 제거했다.

그런데도 국왕은 병권을 오롯이 장악할 수 없었다. 오군영은 워낙 오랫동안 정치 세력에 물들어 있어서, 여전히 권신들의 입김에 좌우되었다.

국왕은 그래서 왕권 확립을 위해 친위군을 육성하려 했다. 그렇게 창설된 장용위가 몸집을 불려 장용영으로 발전하게

개혁군주

된 것이다.

대신들도 이런 사정을 모르지 않았다. 그래서 장용영 확장을 알게 모르게 저지해 왔었다.

국왕이 다시 호탕하게 웃었다.

"하하하! 경의 바람을 이루기 위해서라도 꼭 좋은 성과를 만들고 말 것이오."

조회는 이렇게 끝났다.

조회를 마친 국왕은 곧바로 동궁으로 올라왔다.

"……그렇게 되었다. 그러니 이제부터 상무사 설립을 적극 추진하면 된다."

"경하드리옵니다. 그러면 상무사의 대표는 누구를 선정하려고 하십니까?"

"우선은 연암을 비롯한 개혁 인사들부터 면접을 해 보자. 그들 중 분명 좋은 사람이 나올 것이다."

"아바마마의 뜻대로 하시옵소서. 하오나 실무는 상단 출신들을 선발하는 게 좋지 않겠사옵니까?"

국왕도 동의했다.

"그래야겠지. 네 말대로 만상(灣商) 중에 청국 말에 능통한 자들을 선발하자. 동래로도 사람을 보내, 내상에서도 좋은 인재를 선발하고."

"너무 많은 인원을 선발하면 상단도 쉽게 협조해 주지 못할 것이옵니다. 그러니 역관들 중에서도 인원을 선발하는 게 좋을 듯하옵니다."

"옳은 말이다. 아무리 좋은 취지를 갖고 있다고는 해도 백성들을 곤란하게 만들 수는 없지. 그건 그렇고 오늘은 훈련을 하지 않나 보구나?"

"기초훈련을 모두 끝내고 오늘 하루 휴식하라고 했사옵니다."

"그러면 아비에게 시범은 내일 보여 줄 게냐?"

"그렇사옵니다. 내일 춘당대(春塘臺)로 집결하라고 했습니다. 무관들이 집결하면 편전에 고하겠사옵니다."

춘당대는 창덕궁 후원의 공터다. 터가 넓어서 과거를 보거나 국왕이 군대를 사열하는 장소다.

"기대가 많다."

원자가 장담했다.

"아바마마의 기대에 절대 부족하지 않을 겁니다."

"허허허! 우리 원자가 장담을 다 하다니. 그러니 더 기대가 되는구나."

국왕은 그렇게 한참을 웃고서 돌아갔다. 그런 국왕을 배웅한 원자는 만감이 교차되었다.

본래는 자신이 적극 나서서 개혁을 주도하려고 했었다. 그러나 그런 계획은 처음 송상 대방을 만나면서부터 어그러졌다.

'머리에 아무리 많은 지식이 있으면 뭐 해. 상대를 설득하는 일조차 어려운, 겨우 다섯 살에 불과한데. 다행히 국왕께서 저토록 적극적이시니, 지금으로선 거기에 의지하는 게 최

개혁군주

선이다.'

　동궁을 나와 걷는 국왕도 생각이 많았다.

　'이상하게 원자와 대화하다 보면 하지 못할 일이 없을 거 같은 기분이 든다. 이번 상무사 일도 마찬가지야. 조정을 설득하지 말고 지켜보는 게 좋다는 말이 딱 들어맞았어. 이렇게만 일이 풀린다면 부국강병도 결코 어렵지 않을 거 같구나.'

　이런 바람을 갖고 걷는 국왕의 발걸음은 더없이 가볍고 굳건했다.

다음 권으로 이어집니다

ROK MEDIA
로크미디어
The Final
더 파이널
유성 퓨전 판타지 장편소설
「아크」「로열 페이트」「아크 더 레전드」
작가 유성의 새로운 도전!
회귀의 굴레에 갇혀 이계로의 전이와 죽음을 반복하는 태영
계속되는 죽음에도 삶에 대한 의지를 불태우던 어느 날
갑자기 시작된 침식으로 이계와 현대가 합쳐진다!
두 세계가 합쳐진 순간,
저주 같던 회귀는 미래의 지식이 되고
쌓인 경험은 태영의 힘이 되는데……
이계의 기연을 모조리 흡수해
누구도 넘볼 수 없는 전사로 우뚝 서다!

변호사 윤진한

이해날 현대 판타지 장편소설

『어게인 마이 라이프』의 작가 이해날,
당신의 즐거움을 보장할
초특급 신작으로 돌아왔다!

아버지의 복수를 위해
악랄한 변호사가 되었으나 대기업에 처리당한 윤진한
로펌 입사 전으로 회귀하다!

죽음 끝에서 천재적인 두뇌를 얻은 그는
대기업의 후계자 경쟁을 이용해
원수들의 흔적마저 지우기로 결심하는데……

악마 같은 변호사가 그려 내는
두 번의 인생에 걸친 원수 파멸극!